KB052647

서른 살 목화

서른 살 목화

김다경 장편소설

도화

우리 사회의 빈부격차 문제는 하나의 임계점을 맞이
한 모양새다. 부동산으로 인한 불로소득은 사상 최대치
를 기록했다. 이로 인한 빈부의 간극은 이미 돌아올 수
없는 다리를 건넌 양상이다. 빈부의 대물림 시대를 살고
있는 MZ 세대는 사상 유례없는 취업난을 겪고 있다. MZ
세대의 문제는 단순히 경제적, 사회적 압박과 그로 인한
좌절에 그치지 않고 개인의 내밀한 내면과 문화적 기호,
사랑의 방식까지도 이전 세대와는 다른 방식으로 작동
하게 만들어버렸다. 의식주 해결, 사랑, 방황, 좌절의 내
면화, 배제의 고착화 앞에서 문학이, 소설이, 제기할 수
있는 질문은 과연 무엇인가? 그 질문이 장편소설 『서른
살 목화』의 시작점이 되었다.

2020년, 느닷없이 코로나19 라는 새로운 질병이 세계
를 강타했다. 각국의 도시가 멈추었고, 비대면의 낯선

세상에서 사람들은 생활하기 시작했다. 백신이 도입되었지만 새로운 변이 바이러스는 계속 진화하며 이 년째 지구를 휩쓸고 있다. 이로 인해 세계는 과도한 인플레이션으로 경제 또한 불안하고 혼란스럽다. 비대면의 세상에 맞춘 신기술은 현기증이 나도록 질주를 계속하고 있고, 인간 대신 AI가 일을 대신한다. 급변하는 시기에 MZ세대의 취업은 점점 더 요원해 보인다.

그럼에도 삶은 계속되기에……

소설을 쓰는 동안, 자리에서 일어나면 대나무숲과 황칠나무가 있는 오솔길을 수없이 돌고 돌았다.

황칠나무 이파리는 세 개뿐인 손가락을 쫙 펴고 있는 듯한 모습이다. 봄부터 연두색 새싹이 돋아나기 시작하면 늦가을까지도 열정적으로 어린잎이 태어난다. 그들은 내게 생명에 대한 경외감, 고귀함, 순수함 등 많은 것을 가르쳐 주었다.

나는 날마다 내 소설 속 주인공들과 나눌만한 대화를 그들과 나눴다. 글이 써지지 않으면 무시로 어린 이파리와 눈을 맞추며 서 있었다. 지칠 줄 모르는 생명력이 내게로 뻗어와 온몸이 다시 뜨거워지기를 기다렸다.

돌이켜 보면, 지난 세월 속에 어린잎은 나의 연인이었다.

자연의 속도와 리듬에 맞추어 지내다 보니 심적, 시간적 여유가 생겼다. 그 여유는 멈춤이었다.

느리게, 때로는 속박하며 썼던 소설이 비로소 자유를 얻었다.

이제, 삼년의 세월을 묶어 『서른 살 목화』를 세상 속으로 떠나보낸다.

언제나 힘이 되어준 사랑하는 가족들, 해피 바이러스 해든나, 모두모두 사랑한다.

공들여 작품을 만들어주신 도화 박 대표님과 직원들께도 감사드린다.

2022년 2월 다경헌에서

차례

제1부

*

　고시원으로 가는 골목길로 들어서면 늦도록 불을 밝히고 있는 가게가 있다. 한 건물에 24시 편의점과 카페가 나란히 있었는데, 카페는 자정 전후로 문을 닫았다. 목화와 경호가 어둑한 골목길로 들어서자 두 개의 가게는 그들을 반기는 듯 환하다. 편의점과 카페 사이에는 소나무가 한 그루 있었는데, 키가 일층 광고판을 살짝 가렸다. 밤이면 이 소나무에 수많은 은하수 등이 별빛처럼 반짝거렸다. 주택과 빌라가 있는 골목길이라 어두웠지만, 이곳만은 전등불이 화사하게 빛났다.

아르바이트가 끝났을 때, 집까지 데려다주겠다는 경호를 목화는 뿌리치지 못했다. 편의점 앞에 이르자, 경호가 앞장서 안으로 들어간다. 그들 중 한 사람은 누가 먼저랄 것 없이 편의점 안으로 들어갔다. 알바가 끝나고 집으로 돌아올 때쯤이면 항상 배가 고팠다. 목화는 가게 앞 테이블 앞에 앉아 경호를 기다렸다. 경호는 컵라면 두 개와 작은 김치 한 봉지를 들고 다가온다.

"고단하지?"

라면 국물을 흘리지 않으려고 조심조심 걸어온 경호가 라면을 내려놓으며 묻는다. 입버릇처럼 물었던 말, 대답이 필요 없는 말이었다. 그녀는 고개를 끄덕이거나 흔들었는데 생각을 모아 했던 행동은 아니었다.

"다 익었어. 먹을까?"

경호나 그녀가 던지는 말, 그들은 부모님들이나 나눌 만한 대화를 주고받는다. 그들은 라면을 먹으며 은하수 불빛을 바라보았고, 라면을 다 먹고 나서도 깜박거리는 불빛을 바라보았다.

카페 안에서도 은하수 불빛을 바라보며 정담을 나누는 이들이 있다. 그들은 라면 대신 찻잔을 들고 있다. 같은 또래로 보이는 연인이 마주 보며 웃기도 하고, 서로의 손가락을 깍지끼며 장난을 친다. 그 옆자리에는 중년의 부부가 커피잔을 앞에 두고 각기 핸드폰을 들여다보고 있다.

　목화는 고개를 들어 하늘을 쳐다본다. 작지만 푸른 하늘이 어둠 속을 찌르듯이 들어온다. 얼마 후, 그녀의 시선은 다시 골목길로 돌아온다. 저만치서 끊어지는 불빛이지만 바라보고 있노라면 어두운 골목길이 따뜻해지는 것 같다. 매일 밤 이 자리를 지키고 있는 불빛이 없다면 골목길은 얼마나 어둡고 삭막할까, 아니 배는 얼마나 고팠을까.

　목화는 일어나지 않고 앉아 있는 경호를 두고 자리에서 일어날 수가 없다.

　"배부르니 슬슬 피곤해진다."

　침묵 끝에 목화가 먼저 입을 열었다.

　"자고 가도 돼?"

이미 몸을 섞었는데 굳이 이런 말을 하는 건 경호의 배려일까, 전철도 버스도 끊겼을 것이다. 그가 고시원으로 가는 건 무리였다.

말레이시아

거실 천장에는 흰색의 대형 실링 팬이 돌고 있다. 벽에는 에어컨도 있지만 천억금 할머니는 에어컨의 찬 바람을 싫어했다. 이십 대에 첫 출산을 했지만, 출산한 뒤로는 선풍기 바람조차 몸이 받아들이질 못한다고 했다. 목화는 에어컨도 켤 수 없는 이 미지근한 실내공기가 답답하지만 어쩔 수 없다.

천억금 할머니는 침대에 누워 두 시간째 TV 드라마를 보고 있다. 깁스를 푼 지 닷새가 지났지만, 할머니의 발목은 여전히 부기가 남아 있어 움직이지 못했다.

목화는 단단해 보이는 그린 망고 껍질을 과도로 벗긴

다. 망고 향기가 훅, 코끝을 자극한다. 언제 맡아도 기분 좋은 향기다. 초록색 껍질 속에서 노란 속살이 드러난다. 녹색 껍질과 노란 속살의 조화는 언제 봐도 아름답다. 그녀가 처음 그린 망고를 봤을 때 익지 않은 망고로구나, 생각했다. 학교에서 돌아온 작은 오빠가 그린 망고야, 라고 가르쳐 주었다.

천억금 할머니가 선물 받은 망고는 대부분 숙성이 되지 않은 것이라 주방 쪽에 놓아두었다. 목화는 슬라이스로 썰어서 할머니 앞에 놓아드렸다. 망고는 할머니가 가장 좋아하는 과일이었다.

까웃 까웃…….

인터폰 소리가 희미하게 울린다. 사장의 호출이다. 급한 용무가 있어 사무실을 비워야 하니 돌아올 때까지 사무실을 지켜 달라는 부탁이었다. 외출하겠다는 목화의 얘기에 할머니는 마지못해 얼릉 와야 해, 나 화장실 갈지 몰라, 퉁명스럽게 뱉었다. 할머니는 목화가 외출할 때마다 심술 난 음성으로 말했다. 그러나 사장의 말에는 할머니도 어쩌지 못했다.

그녀가 사무실에 도착했을 때 사장은 이미 자리를 비운 뒤였다. 목화는 출국하는 손님들의 비행기 표를 일일이 사진으로 전송하고, 확인 문자를 보냈다. 또, 입국하는 손님들의 방 배정을 위해 명단을 작성하기 시작했다.

갑작스런 빗소리에 창밖을 내다보니 어느새 비가 주룩주룩 내리고 있다. 그런데도 태양은 화사하게 빛난다. 중정中庭의 크고 작은 꽃과 나무들이 비와 태양에 환호하듯이 반짝반짝 빛난다. 그 모습이 싱그럽고 눈부시다.

목화는 콘도로 돌아가기 위해 로비로 나가 비가 그치기를 기다렸다. 밖을 내다보니 골프를 하던 사람들이 비를 피해 나무 아래 모여있다. 멀리서 검정 원피스 차림에 히잡을 쓴 한 여성이 빗속을 뚫고 천천히 걸어오고 있다. 그녀는 우산도 없이 아무렇지 않은 표정으로 클럽하우스 쪽을 향해 걸어온다. 이제는 이런 모습이 낯설지 않고 자연스럽다. 그녀는 비가 오는 것도 신의 뜻이니 비를 맞으며 걷고 있을 것이다.

빗줄기가 점점 거칠어진다. 창창한 빗소리가 주위의 모든 소음을 흡수해 버린다. 전동카 한 대가 클럽하우스 현관 앞으로 손님들을 싣고 들어온다. 그들은 이곳 기후를 모르는 새로 입국한 손님이 분명했다. 열대기후의 특성인 스콜성 비는 매일 한두 차례 지나갔다. 비는 금세 그칠 것인데, 그들은 그 사실을 모르거나 비에 젖는 것이 싫어서 골프를 중단했을 것이다.

목화는 전화벨 소리에 재빨리 사무실로 되돌아온다. 마사지 여사장으로부터 걸려온 전화다. 그녀는 마사지 예약 손님들의 시간표를 확인하고, 새로 들어온 예약 건수를 여사장에게 통보한다. 통화 중에 노크 소리가 들린다. 고개를 돌리니 사무실 유리창 너머 왕하오가 보인다. 목화가 손짓하자 그가 환한 미소를 지으며 사무실 안으로 들어온다. 손에는 플라스틱 상자가 들려 있다. 지금껏 알리가 심부름했는데 오늘은 그가 박스를 손수 들고 사무실로 찾아왔다. 이런 모습은 처음이라 목화는 서둘러 전화를 끊고 그를 맞았다. 왕하오는 그녀의 책상 위에 슬그머니 플라스틱 상자를 올려놓는다.

"열어봐."

목화는 보석함을 열듯 조심스럽게 플라스틱 상자를

열었다. 안에는 뚜껑이 달린 흰색 도자기 볼이 들어있고, 그 옆에는 같은 색 도자기 잔이 놓여있다. 도자기 볼 뚜껑을 열자 노랑, 빨강, 초록, 흰색의 조그맣고 예쁜 별 모양의 반투명 과자가 가득 들어있다.

"우와! 예쁘다. 별이잖아."

목화의 감탄에 왕하오는 그제야 긴장을 풀고 겸연쩍은 듯 뒷덜미를 만진다.

"네가 별을 좋아한다고 해서 간밤에 별을 따느라……."

"이걸 만드느라 밤을 새운 건 아니지?"

그는 그저 웃기만 한다.

"이렇게 예쁜 색깔은 어떻게 만들어?"

"과일이나 채소로 얼마든지 만들 수 있어. 먹어봐."

왕하오는 앞치마에 달린 호주머니에서 작은 보온통을 꺼냈다. 그런 다음 도자기 잔을 꺼내 그녀 앞에 놓는다.

"별을 먹으라고?"

목화가 별 과자 하나를 손에 들었다. 붉고 투명한 색깔, 말랑한 촉감, 벌써 입안에 침이 고인다. 그가 냉커피를 따랐다.

"넌 고마워 말고."

그가 특유의 익살스러운 표정을 지어 보이며 말한다.

"고마워."

"평가는 저녁에 들려줘. 바쁘니까 간다."

"오지 마. 난 저녁에 할머니와 콘도에 있어야 해."

목화는 왕하오의 등에 대고 서둘러 말했다. 사무실을 나가다 말고 돌아보는 왕하오의 눈빛이 적도의 햇살만큼 뜨겁다.

말레이시아에서 그것도 산골에 살다 보니 밤이면 어두운 하늘에 흰 꽃이라도 피어난 듯 별이 많았다. 서울의 하늘에서는 볼 수 없었던, 고향의 하늘에서만 볼 수 있었던 별을 쳐다보고 있노라면 고향 생각에 눈가가 젖었다. 어린 날, 별을 보며 자랐던 목화는 요즘도 밤하늘을 바라보면 별이 좋다. 며칠 전 그와 대화를 나누던 중에 이 나라는 하늘이 맑아서 그런지 유독 별이 밝게 빛난다고 말했다. 왕하오가 그녀의 말을 잊지 않고 있다가 만들어 온 과자였다.

노랑색 별 과자를 들어 올리자 망고 향기가 난다. 첫
맛은 새콤하고 뒷맛은 쌉싸름하다.

"별은 이런 맛이었네."

목화는 왕하오가 옆에 있기라도 하는 듯 소리 내어 말
했다. 찻잔이 차다. 냉커피는 고소하고 적당히 쓰다. 빨
강색 별 과자는 딸기 향기가 난다. 과자라기보다 보약
같단 생각이 든다. 대접받고 있는 느낌, 공주가 된 기분
이다. 태어나서 이렇게 행복한 기분은 첨이다. 이성으로
부터 사랑받는 기분이 어떤 것인지 목화는 지금껏 모르
고 살았던 것 같다.

불현듯 알바를 하던 때가 생각난다.

대학생이 되었을 때, 부모님은 불어나는 빚 때문에 자
영업을 정리하고 조부님이 계시는 시골로 귀향했다. 그
해 오빠는 입대했고, 그녀는 서울에 홀로 남아 대학 생활
을 시작했다. 그녀는 휴학, 복학을 거듭하며 이십 대를
알바로 보냈다. 대학 졸업까지는 칠 년의 세월이 흘렀
다. 대학을 졸업하면 알바는 끝나는 줄 알았다. 그러나
취직에 대한 꿈은 더 높은 장벽만을 만들어 주었다. 눈

만 뜨면 자소서를 쓰느라 스터디 친구들과 정보교환이
네 뭐네 하며 일 년 동안은 도서관과 알바천국을 회전의
자를 타듯 살았다. 두세 시간, 이삼 일짜리, 일 주일짜리
등, 아르바이트는 일정하지가 않았다. 24시간 운영하는
식당에서 열 시간 이상 일하며 앞치마를 던져 버리고 싶
었던 날이 얼마나 많았던가.

한 목숨을 살아내기가 얼마나 혹독하고 힘든 일인지,
무섭도록 절절하게 깨달았던 시기였다. 그 무렵 머리카
락은 왜 그렇게 무성하게 자라던지, 미장원으로 달려가
면 문은 이미 닫혀 있었다. 대학 졸업 후, 일이 년 동안
취직시험은 보지도 못한 채 하루하루를 버티고 있었다.
일백 장 남짓 자소서를 썼지만, 시험은 열 번도 채 보지
못했다. 그런데도 취직을 하겠다고 알바 인생을 살았다.
그 암담했던 시절을 생각하니 어느새 눈시울이 뜨거워
진다. 고시원 임대료를 내고 생필품을 사고 나면 한 달
의 절반은 라면으로 때웠다.

한번은 식당에서 홀 서비스 알바를 하고 있을 때였다.
24시간 영업을 하는 곳이라 길면 열 시간 이상도 알바가

가능했던 때였다. 주문을 받으려고 식탁 사이를 걷고 있었다. 갑자기 얼굴을 향해 물이 세차게 날아와 부딪혔다. 순간, 얼굴과 옷에서 술 냄새가 물씬 났다. 놀라 주위를 둘러보니 옆 테이블의 손님이 안주를 가져다주지 않는다며, 자신들을 무시했다고 화를 냈다. 술에 취해 게슴츠레해진 눈으로 조롱하듯 말하는 손님들을 마주 보고 있자니 소름이 돋았다. 그녀는 들은 기억이 없고, 손님은 그녀에게 분명 얘기를 했다고 큰소리로 소란을 피웠다. 그러자, 함께 술을 마시고 있던 또래의 사내도 같은 소리로 그녀를 향해 손가락질하며 나무랐다. 홀에 있던 모든 손님이 그녀를 주시했다. 계산대에 있던 사장이 달려오더니 손님들을 향해 굽실거리고…… 이대 일의 싸움에서 한 사람을 죽이는 것은 문제도 아니라는 사실을 그녀는 그때 처음 알았다.

다른 일자리도 구하지 못한 때라 사장의 구질구질한 성희롱에도 아슬아슬하게 버티고 있을 때였다. 이미 숱하게 겪었던 일이지만 그 일만은 면역이 되지 않았다.

그만두겠다고 말하자, 사장은 젊은 날의 고생은……

운운하며 온갖 감언이설을 늘어놓았다. 다음 날, 그녀는 출근하지 않았다. 저녁 무렵, 누군가 고시원의 벨을 눌렀다. 렌즈를 통해 밖을 내다보니 뜻밖에도 사장이었다. 집 주소를 어떻게 알았을까, 곰곰이 생각해보니 알바를 시작할 때 알바 명단에 집 주소와 주민등록번호, 전화번호 등을 기록했던 일이 생각났다. 안에서 기척이 없자 사장은 돌아갔다. 그러나 다음 날 밤부터 연속 사흘 동안 사장은 고시원으로 찾아와서 계속 벨을 눌렀다. 한 번, 두 번…… 목화는 불도 켜지 않은 어둠 속에서 벨 소리를 듣고 있었다. 그 소리는 끝을 알 수 없는 불안 속으로 그녀를 밀어 넣었다. 알바에서 벗어날 수 없듯 그 소리도 영원히 끝날 것 같지 않았다. 다음 날, 목화는 부동산에 고시원을 내놓고 한동안 친구 지은이 집에 머물다 짐을 부치고 낙향했다.

엄마는 8월의 불볕더위 속에서 고추를 따느라 분주했다. 그녀 혼자 집안에 남아 빈둥거릴 수가 없었다. 엄마는 한사코 못 나오게 했지만 가만히 쉬고 있을 형편이 아니었다. 엄마가 내준 나일론 바지에 모자까지 챙겨 쓰고 따라나섰다. 엄마가 챙겨준 앉은뱅이 깔개를 바짓가랑이에 끼고 고추밭 사이로 들어갔다. 좁은 이랑 사이에는 무성한 고춧대가 서로 엉겨 이랑 사이를 막고 있었다. 목화는 고춧대를 헤쳐 가며 익은 고추를 땄다. 고춧대는 이랑 사이에 있는 그녀의 앉은키를 훌쩍 넘었다. 이랑 사이에 앉아 있자니 바람 한 점 지나가지 않는다. 온실에 들어온 듯 무덥기도 했지만 매운 고추 냄새가 코를 찔렀다. 등은 따가운 햇볕으로 뜨끈뜨끈 익어가고 머리에서 시작된 땀은 얼굴을 타고 목으로 흘러내렸다. 나중에는 땀이 비 오듯 쏟아졌다. 옷은 물속에서 기어 나온 듯 달라붙고, 다리를 타고 흘러내린 땀은 발등을 적셨다. 장화 속은 땀으로 철버덕거릴 정도였다. 그녀는 젖은 양말을 벗고 일을 계속했다. 익은 고추가 너무 많아서 손을 쉴 수도 없었다. 오랫동안 같은 동작을 계속하다 보니 오른쪽 어깨가 끊어질 듯 아팠다. 목화는 자리에서 일어나 잠시 허리를 폈다. 옆 이랑을 둘러보니 엄마는 고춧대 사이에서 보이지 않고 고추 따는 소리만 저만치서 들려왔다. 땀을 닦다 손가락이 콧등을 스쳤는지 재채

기와 함께 눈물 콧물이 한꺼번에 쏟아졌다. 눈물이 시야를 가렸지만 매운 손으로는 눈물을 닦을 수가 없었다.

목화는 손을 멈추고, 눈을 감고, 눈물이 멈추기를 기다렸다. 눈물이 하염없이 쏟아졌다. 땀인지 눈물인지, 삶에 대한 회의와 고단함 때문인지 분간할 수 없었다. 한참을 오열하듯 눈물을 쏟았다. 얼마 뒤 팔등으로 눈물을 찍어내고 다시 고추를 따기 시작했다. 고추 이랑 사이의 후텁지근하고 매운 열기 속에서 그녀는 종일 계속된 강행군에 허리를 펴려고 자리에서 일어났다. 눈앞이 핑그르르 돌았다. 그녀는 그만 자리에 주저앉았다.

"야야, 목화야아!"

엄마의 음성이 이상스럽게 흐려졌다. 옆 이랑으로 달려가니 엄마는 사지가 늘어져 있었다. 구급차에 엄마를 태우고 병원으로 갔을 때, 비로소 정신을 차린 엄마는,

"목화야, 내가 왜 여깃냐?"

라고 묻더니 자리에서 일어나려고 했다. 일사병이라 했지만, 엄마는 응급실에서 일반적으로 해야 할 검사조차 거부하고 수액만 맞은 뒤 집으로 향했다. 아빠와 함

께해야 할 농사일을 엄마 혼자 감당하다 보니 일에서 헤어 나오지 못했다.

"엄마, 제발 쉬엄쉬엄하세요."

"농사일은 때가 있는 것이라 그날 못 하먼 엉망이 되불어야. 상치(상추)만 해도 그려. 뜯어다 묵지 못하먼 동이서서 상치 맛이 떨어져 분다. 익은 고치를 안 따고 그대로 두먼 땅으로 떨어져 썩어 부러야. 너도 봤것제만 고치(고추) 밭에 고치가 얼마나 많이 떨어졌드냐."

"알아. 하지만 건강이 더 중하잖아요."

"호박하고 가지도 따서 말려야 허고…… 농부가 병들어서 일을 못 하거나, 늙어서 일을 못 하먼 일 년 농사는 망치는 거여. 직장에 다니는 사람들은 아프믄 병가를 내고 쉬제만, 농부는 곡식한티 하루만 봐달라고 사정할 수도 없고…… 때맞춰 거둬들이지 못하먼 논밭에서 모조리 썩어 부러야, 몸이 아무리 아퍼도 썩어가는 곡식을 어뜻게 두고 보것냐, 농사일은 적당히 헐 수가 없어야. 그라제만 이 고비만 넘기믄 괜찮아져."

엄마의 머릿속은 벌써 해야 할 일로 가득 차 있었다.

먹고 싶은 것, 입고 싶은 것, 마음껏 먹고 마시며 즐겨 본 적은 있었을까?

*

먼 친척이 말레이시아에 산다는 말을 듣고 목화는 득 달같이 부모님을 졸라 주소 하나를 얻어냈다. 무작정 말레이시아로 향했다. 미니 슈퍼마켓을 운영하고 있다는 친척은 갑작스러운 목화의 출현에 어리둥절했다. 이민 온 지 십 년째가 된다는 친척은 아들이 세 명이나 되었는데 자식들 뒷바라지하느라 가난을 면치 못하고 있었다. 대학생, 대학원생인 아들 셋은 알바를 하고 있었지만, 간신히 용돈을 버는 수준이었다.

목화는 삼촌뻘이 된다는 친척 집에서 막무가내 일을 도왔다. 다행히 이곳이 열대지방이라 난방을 할 필요가 없고, 옷도 여름옷 두세 벌이면 생활하는 데는 지장이 없었다. 밤이면 무더운 쪽방에서 잠을 자고, 낮이면 가게에서 일하며 숙식을 제공받았다.

반년쯤 지났을까, 에어컨도 없는 가게에서 일을 돕고 있는 그녀가 안 되어 보였는지, 한번은 이 집안의 희망인 둘째 오빠가 그녀를 불러냈다.

"이 물건을 나 대신 배달 좀 해줄래?"

두모 오빠는 시험 기간이라 바쁘다며 작은 종이상자 하나를 내밀었다. 내비게이션이 있으니 쉽게 찾을 거라며 그의 소형 고물차 키를 내밀었다.

"오른쪽에 운전대가 있어서 좀 서툴겠지만 걱정 안 해도 돼. 여긴 서울과 달라서 교통이 복잡하지 않아. 드라이브한다고 생각하고 천천히 달려봐, 괜찮을 거야. 오케이?"

우리나라와 달리 이 나라는 오른쪽에 운전대가 있었다. 운전 면허증은 일찍 딴 편이었지만 차를 가져 본 적은 없었다. 처음 운전대를 잡은 것은 시골에서 아빠가 쓰던 일 톤 트럭을 짬짬이 운전했던 것이 전부였지만, 함께 지냈던 룸메이트가 소형이지만 차를 가지고 있어서 가끔 운전을 대신했다. 출국 전 국제 운전면허증을 준비해 온건 혹시 사용할 수 있을지 모른단 생각에서였다. 목화는 오른쪽 운전이 처음이라 잠시 망설였다. 하지만 무엇이든 도전해야 한단 생각으로 출발했다.

한 시간 정도면 도착할 거라는 말과 달리 목화는 두 시간이나 걸려서 목적지에 도착했다. 입구에는 M 리조트라는 대형 간판이 걸려 있었다. 흑인 경비아저씨가 무슨 일로 왔는지 묻고는 방문증을 내주었다. 경비실을 지나자, 도로 한가운데 야자나무 가로수가 줄지어 서 있다. 가로수 양쪽으로 아스팔트 도로가 시원스럽게 뚫려 있다. 도로 주변에는 잔디가 끝없이 펼쳐져 있고, 사이사이로 아름드리나무 숲이 군데군데 바라보였다. 그 숲 속에는 흰색의 고층 콘도와 호텔 건물들이 목을 늘인 기린처럼 우뚝우뚝 서 있다. 잔디 사이로 작은 길이 보이고 전동카를 탄 사람들이 오가는 모습이 보인다. TV에서만 봤던 골프장의 모습이 눈앞에 펼쳐졌다.

길 끝에 삼 층의 붉은 건물이 나타났다. 너싱홈(Nursing Home)에 다녀오라고 했는데, 골프장으로 잘못 온 것은 아닌지 목화는 걱정이 되었다.

　클럽하우스 건물 안으로 들어가자, 호텔직원으로 보이는 두 명의 현지인이 보였다. 그녀는 주소를 확인한 뒤 상자를 주인에게 전달해 달라고 말했다. 그때 로비 안쪽에서 뜻밖에도 후덕한 인상의 한국인 아저씨 한 분이 나왔다. 그는 육십 대 중후반쯤 되어 보였다. 그는 생각보다 빨리 택배를 받게 되었다며 반가워했다. 그가 명함을 한 장 내밀었는데 힐링 코리아 대표 한 **라고 적혀 있었다. 두모가 줄곧 심부름을 했는데 어떻게 된 일이냐고 물었다. 두모의 동생이라고 말하자, 두모는 성실한 청년이라며 칭찬을 아끼지 않았다. 한 사장은 그녀를 두모의 친여동생으로 생각하는 모양이었다. 그는 점심시간이니 식당에서 식사라도 하고 가라고 말했다. 지금은 자리가 부족하지만 잠시 땀을 식히고 있으면 식당이 한가해질 테니 그때 식당으로 들어가라고 친절하게 말했다. 클럽하우스 로비와 식당 사이에는 유리 칸막이로 되어 있었다. 투명 유리창 너머로 넓은 식당 안이 훤히 들여다보였다. 식당 안에는 흰 머리칼의 할아버지와 할머니들이 가득했다. 자세히 보니 놀랍게도 모두 한국인들이었다. 식당에는 뷔페 음식이 풍성했고 할아버지, 할머니들이 줄지어 서서 음식을 접시에 담고 있거나 식사 중인 모습이 보였다. 목화는 이 나라에 와서 이렇게 많은 한국인이 한 자리에 모여 있는 모습은 처음이었다. 또, 그들은 대부분 노인들이었다. 너싱홈에 다녀오라고 했지만, 한국인들이 말레이시아의 양로원에 와 있단 건 말이 되지 않는다고 생각했다. 그러나 금세 그 이유를 알 것 같았다.

한참이 지난 뒤 목화는 식당 안으로 들어갔다. 늦은 점심을 먹으며 실내를 자세히 둘러보았다. 식사를 하는 한국인들은 50대 후반에서 60, 70대로 보이는 흰 머리칼의 할아버지 할머니들이 대부분이었다. 골프를 하다가 식사를 하러 들어온 모양인지 모두 운동복 차림이었다. 목화는 한국에 있는 뷔페식당에 들어온 것 같은 기분이 들었다. 단지 종업원들만 현지인이었다.

음식은 현지식도 있었지만, 한식이 대부분이었다. 목화는 거의 반년 만에 맛있는 한식을 먹으려니 식욕보다는 가슴이 저릿하도록 서러웠다. 냉방이 잘된 레스토랑에서 적당히 익은 김치와 육개장, 나물 등으로 서서히 배를 채우며 다시금 주위를 둘러보았다. 이제 한국인들은 식사를 마치고 차나 수박 등의 디저트를 즐기며 대화를 나누고 있다. 부모님 나잇대로 보이는 어르신들이 쉬고 있는 모습이 여유롭고 편안해 보였다. 그녀는 시골에서 농사를 짓느라 새우 등이 된 부모 생각에 울적해졌다. 나이 드신 어른들이 해외까지 나와서 골프를 하고 뷔페 음식을 즐기고 있는 모습은 목화에게는 신세계였다.

나중에 두모 오빠를 통해 알게 되었지만 이곳은 대형 리조트로 골프장, 수영장, 사파리, 아울렛 등을 운영하고 있는 거대 규모의 골프 리조트라고 했다.

한국은 겨울이 되면 눈과 추위로 골프를 할 수 없기 때문에 말레이시아의 골프장에서 일 개월이나 이삼 개월 정도 머물며 골프를 즐기다가 귀국한다고 했다. 이곳의 한국인들은 중상류층 이상은 될 거라고 했다. 최상류층은 57홀 규모의 골프장에 호텔까지 갖춘 최고급 리조트에 머문다고 했다. 이런 골프장이 여럿 있다는 얘기도 들려주었다. 손님의 대부분이 한국인이라고도 했다. 목화는 우리나라 사람들이 이렇게 부자였던가, 놀라울 뿐이었다.

*

목화는 두모 오빠의 택배 일을 도맡다시피 했다. 한번은 택배 상자를 가지고 골프장으로 갔다. 마침 골절 부상을 당한 할아버지 한 분이 있었다. 한 사장은 자기 대신 할아버지를 모시고 쿠알라룸푸르에 있는 병원까지 모시고 가서 치료가 끝나면 다시 모시고 와줄 수 있겠느냐고 물었다. 할아버지를 병원까지 모시고 가서 치료를 받으려면 우선 한국어가 되고, 영어까지 가능한 사람이 필요했다. 목화는 갑작스런 사장의 부탁으로 할아버지를 병원으로 모시고 가서 치료를 받은 다음 되돌아왔다. 사장은 그가 해야 할 일을 대신해 주어 고맙다며 수고비까지 넉넉히 건네주며 몹시 흡족해했다.

그 일 이후 두 달이 지났을까, 사장은 이곳에서 일해

보지 않겠느냐고 제안했다. 목화는 생각해 볼 필요도 없이 예스라고 말하고 싶었지만 어른들과 상의해 보겠다고 말하고, 다음 날에야 사장에게 일하겠다고 말했다.

처음 말레이시아에 왔을 때, 친척 아저씨의 슈퍼에서 무작정 일을 거들었다. 숙식을 제공받는 것 외에는 임금을 받을 형편이 되지 못했다. 슈퍼에서 일하다 보니 말레이시아 사람들은 말레이어 외에 영어, 중국어, 힌디어 등을 할 줄 안다는 사실을 알고 놀라지 않을 수 없었다. 자국민 외에도 중국계, 인도계 등 다민족이 모여 사는 국가라 자연스럽게 서너 개의 언어는 구사할 줄 알았다. TV에서도 말레이어, 영어, 중국어 등 다양한 언어로 방송이 진행되었다. 말레이 사람들은 외국인들과 대화를 할 때 주로 영어를 사용했다. 그녀는 영어 하나도 제대로 하지 못한다는 사실이 너무나 부끄럽고 창피했다. 영어를 몰라서는 마트에서조차도 아무 도움이 되지 못했다. 귀국을 망설이다 생각한 것이 돈을 벌지 못할 바엔 영어라도 확실하게 배운 다음 귀국하리라는 생각이 들었다. 그때부터 영어 회화책과 단어장을 들고 생활하기 시작했다. 매일 슈퍼에서 손님들과 영어로 대화를 나누다 보니 자신도 모르게 조금씩 귀와 입이 열리게 되었고, 영어가 일상 언어가 되다 보니 차츰 익숙해졌다.

골프를 하기 위해 입국한 한국의 할아버지, 할머니들을 위해서는 한국어와 영어를 할 줄 아는 사람이 필요했다. 그 일로 그녀는 갑자기 능력자(?)가 되었다. 다급해서 배웠던 영어 덕분에 골프장에서 일하게 될 줄은 꿈에도 몰랐다.

그녀의 업무는 전화 받기와 인터넷을 통한 골프 예약, 캐디 예약, 마사지 예약 외에도 손님들을 위한 안내와 서비스 등의 일을 맡게 되었다. 그동안 사장이 혼자서 했던 일이라고 했다.

사무실은 클럽하우스 로비 뒤쪽에 있었다. 사무실 한쪽은 레스토랑으로 이어졌고 다른 한쪽은 복도를 지나 중정中庭으로 이어졌다. 조그마한 사무실에는 사장과 그녀의 테이블이 전부였고, 컴퓨터 두 대와 인쇄기, 팩스, 캐비닛 등이 놓여있었다.

근무를 시작한 지 이틀째가 되었을 때 한국인 아가씨

가 근무한다고 소문이 났는지, 직원으로 보이는 현지인들이 호기심을 가지고 사무실 안을 힐끔거렸다. 골프장 손님들은 모두 한국인들이었고, 직원들은 모두 현지인들이었다.

골프장 안에는 호텔과 리조트 건물이 다섯 동이나 있었고, 클럽하우스 외에도 다른 한곳의 건물이 있었다. 레스토랑이 두 곳 있었고, 음식은 세 끼 모두 뷔페식이었다. 홀 서비스를 담당하는 직원은 여자 두 명과 남자 세 명이 전부였다. 아침 식사는 클럽하우스에서 조금 떨어진 흰색 건물의 1층 레스토랑에서 했고, 식사가 끝나면 건물 복도를 지나 전동카 스테이션으로 이동했다. 손님들은 전동카를 타고 나가 골프를 시작했다. 점심과 저녁 식사는 클럽하우스 로비 옆에 있는 레스토랑에서 하도록 정해져 있었다.

이른 아침이면 목화는 레스토랑에 나와 손님들을 맞았다. 손님들의 마사지 예약이나 기타 불편 사항 등, 편의를 제공하기 위함이었다. 목화는 손님들의 아침 식사가 끝나갈 무렵이면 그제야 식사를 할 수 있었다.

골프장에서 처음 근무를 시작했을 때 식사를 하기 위해 식당으로 가면 홀 서비스를 담당 하는 여직원이 미소를 지으며 그녀의 주위를 맴돌았다.

목화와 시선이 마주칠 때면 매번 호의적인 미소를 지었다.

며칠 뒤 여직원은 목화 앞의 테이블을 정리하며,

"아영!"

하고 말하며 예의 멋쩍은 미소를 지었다.

"안녕이라고 했니?"

여직원이 고개를 끄덕였다.

"아영이 아니고 안녕! 이라고 해. 내 이름은 목화야."

"모카, 예쁜 이름 같다. 난 사띠라고 해."

목화는 사띠의 한 마디에 목화가 아닌 모카가 되었다. 목화는 그녀의 가슴에 달린 명찰을 보고 이미 이름을 알고 있었다.

"한국말을 알고 있구나, 알고 있는 한국말 모두 말해 봐."

"싸랑해, 고생해서, 고마다, 맛싯따……"

사띠는 한국말 발음에 집중하며 말했다.

"한국말 어떻게 알았니?"

"한국 드라마 좋아해."

오호, 목화는 감탄하며 미소를 지었다. 한국말 몇 마디에 그들은 금세 가까워졌다.

한번은 사띠가 사무실로 놀러 왔다.

"모카, 나 '눈' 알아. 드라마에서 봤어."

"눈? 하늘에서 내리는 하얀 눈?"

"응."

"눈은 어떤 맛이야?"

"맛은 없어. 입안에 닿거나 들어가면 들어가자마자 녹아."

"아! 나도 먹어봤음 좋겠다."

"한국에선 오늘, 눈이 내릴지도 모르겠다."

사띠의 눈빛이 금세 호기심으로 빛난다. 목화는 핸드폰을 열고 인터넷을 통해 날씨를 보았다. 영하 19도다.

"한국은 지금 영하 19도라는데, 꽁꽁 얼어붙겠다."

"꽁꽁 어는 게 뭔데?"

사띠의 말에 목화는 웃음을 터뜨렸다.

"하늘에서 눈이 내리면 땅에는 눈이 쌓여…… 온도가 올라가면 눈이 녹아서 물이 돼, 물이 차가워지면 다시 얼음이……"

설명하다가 목화는 문득 눈도 보지 못한 사띠가 꽁꽁 어는 정도를 알기는 어렵겠다고 생각했다. 사띠는 그녀의 얘기를 이해할 수 있는지 아니면 신비스러워서 그런 건지 놀라움과 호기심, 궁금증으로 눈이 반짝반짝 빛난다.

"난 한국에 가서 꼭 눈을 보고 싶어. 그래서 돈을 저축하고 있어."

"얼마 동안 모으면 갈 수 있니?"

"오 년만 기다렸다 갈 생각인데 몇 년이 걸릴지 모르겠어."

"오 년?"

목화는 사띠의 장기계획이 답답하게 느껴졌다.

"갑자기 좋은 생각이 났어. 후훗훗……."

"어떤 생각?"

"사띠가 결혼해서 신혼여행을 한국으로 가는 거야."

사띠의 귓불이 빨갛게 물든다. 그녀는 웬일인지 어두운 표정으로 고개를 흔든다.

*

새벽 5시면 목화는 부리나케 일어나 출근준비를 하고 레스토랑으로 달려간다. 어둠 속을 달려서 도착하면 5시 30분경이었다. 아침 식사는 6시부터 시작했지만, 손님들은 잠이 없는지 새벽부터 일어나 문도 열지 않은 식당 건물 앞에서 어슬렁거렸다. 아열대 기후라 해만 뜨면 오전에도 한낮처럼 뜨거웠다. 아침 일찍 골프를 시작하면 그만큼 운동을 빨리 끝낼 수 있었고, 낮 동안의 뜨거운 태양을 피할 수도 있었다. 또, 오후에도 운동이 가능했기 때문에 손님들은 최대한 빠른 시간대에 운동하길 원했다.

이곳 골프장에 와 있는 한국인들은 하루에 36홀까지도 가능했다. 18홀이든 36홀이든 비용은 같아서 어둑어

독한 이른 아침부터 골프를 시작했다. 마음껏 골프를 즐기고, 매끼 맛있는 뷔페 음식을 먹고, 저녁이면 마사지를 받고 잠들었다. 목화는 노년을 풍요롭게 보내는 모습을 보면 부모님 생각이 간절했다.

"더운데도 이 나라가 좋으세요?"라고 손님들에게 물어보면, 한국은 겨울이 되면 추워서 골프 하기가 어렵지만, 이곳에 오면 감기나 호흡기병에 걸릴 염려도 없고, 무엇보다 관절염으로 고생하지 않아도 되고, 규칙적으로 운동하고 즐겁게 한 계절을 보내고 귀국하면 금세 봄이라며, 행복한 표정을 지었다. 가난이나 어려움, 고생을 해본 적은 있을까? 걱정이나 근심 같은 건 찾아볼 수 없는 얼굴이었다. 고급 브랜드의 골프복은 중산층 나들이 옷보다 더 비싸다. 이곳에 와 있는 한국 사람들은 이런 사치가 일상이다. 이 나라에서 한 계절을 보내고 귀국하는 노인들을 보면, 부럽다 못해 억울해지려 했다. 언제쯤이면 부모님 해외여행 한번 보내드릴 수 있을까?

골프장 사장은, 자식들 잘 키워서 결혼시키고 이제는 자신들의 생활을 즐기고 있는 어른들이니, 최대한 공손

하고 친절해야 한다고 거의 매일 그녀의 뇌에 입력시키기는 일을 멈추지 않았다.

*

목화가 천억금 할머니를 만난 건 이십여 일 전쯤이었다. 할머니는 골프 도중 발을 헛디뎌 넘어지면서 발목 인대가 늘어났다. 목화는 그 일로 할머니를 병원으로 모시고 가서 깁스한 후 모시고 돌아왔다. 사장은 할머니가 깁스를 풀 때까지 당분간 보살펴 줄 수 있는지 물었다.

"사장님이 제 일을 조금 도와주시면 생각해보겠습니다. 대신 간병비는 충분히 주셔야 합니다."

"얼마면 되는데?"

그녀도 그런 일은 처음이라 알 수 없었다.

"서울에서 받는 간병인의 급료라면 생각해보겠습니다. 하지만 할머니가 귀국하시는 게 더 좋지 않을까요? 휠체어는 타실 수 있어요."

목화는 간병인이 하는 일이 무엇인지도 모른 채, 몸을

움직일 수 없는 할머니의 처지가 안타까워 그냥 던져본 애기에 불과했다.

"귀국할 수 없으니 하는 말이지."

"귀국을 못해요? 왜요?"

"……."

한 사장은 갑자기 난처한 표정을 지었다.

"큰아들이 검사고, 둘째 아들은 내로라 하는 회사의 이사님이라고 병원 가는 길에 자랑하시던데요."

"그게 아니라, 할머니가 큰아들 집에서 사시는데 며느리 시집살이를 시키나 봐. 요즘 배운 며느리가 시집살이를 하려고 하겠어. 그러니 겨울 동안은 여기서 편히 지내다 오시라고 적극적으로 권하는 모양이야. 매년 11월 중순쯤에 오셔서 2월 말이나 3월에 귀국하시는데, 설이 되면 제사 모신다며 귀국하시려고 해서 내가 그 일로 애를 먹어요. 서울은 추워서 감기나 폐렴의 원인이 될 수 있으니 그냥 계시라고 만류하지만, 명절 때면 귀국하실 때도 있어요. 할머니가 깐깐하고 변덕스럽긴 하지만 사실 불쌍한 분이에요. 그래서 내가 이 대리에게 할머닐 부탁했던 거고. 며느리에게 서울 간병인과 같은 수준을 요구했더니, 그래도 오케이 하더군. 현지인을 간병인으로 쓰면 간병비는 저렴해서 좋겠지만, 할머니와 말이 통하지 않으니 당장 귀국하시려고 할 테고, 그러니 달란 대로 줄 수밖에."

한 사장은 골프장을 임대하여 돈을 벌었다. 골프장 이용료와 숙식비는 선불로 받고, 캐디 피에서 절반, 마사지사에게 절반, 관광을 할 때도 절반 가량의 이익을 챙겼다.

목화는 간병을 하기 위해 할머니가 묵고 있는 콘도로 들어와 함께 생활했다. 할머니의 세 끼 식사는 매일 뷔페식당에서 방으로 날랐다.

대낮처럼 밝은 시간에 할아버지, 할머니들의 저녁 식사가 시작되고 있었다. 오 여사가 그녀 앞에서 커다란 접시에 수박을 수북이 담고 있다.

"오 여사님 안녕하세요?"

목화가 오 여사 뒤에서 먼저 인사를 건넸다. 오 여사는 할머니와 한 팀으로 입국했던 손님으로 병문안까지 다녀갔던 오십 대 후반의 아줌마다.

"할머닌 어떠세요?"

"아직요……"

"노인이니까 한참은 지나야 좋아지실 거예요."

오 여사는 당연하다는 투로 말한다.

"할머님이 안 계시니 한 팀은 세 분이 골프를 하시겠네요."

"그렇죠. 하하하."

오 여사는 유쾌하게 소리 내어 웃는다.

목화는 국이 들어있는 통을 열고 국자를 넣어 내용물을 들여다보았다. 오늘은 설렁탕이다. 입안에 군침이 돈다. 설렁탕을 보온 통에 넣고 돌아서니 수영장에서 수영을 하고 있는 여자들이 보인다. 레스토랑 옆에는 야외수영장이 있었다. 레스토랑의 양쪽 벽은 투명 유리창으로 되어있어 밖의 풍경이 한눈에 들어온다. 수영장에는 검정 히잡에 검정 원피스 차림의 세 여성이 외출복 차림 그대로 물속에서 놀고 있다. 식사 시간이라 수영장 안에는 그녀들 외엔 아무도 없다. 여성들은 수영을 할 줄 모르는 모양이다. 여성들이 수영장 입구 쪽에 서서 한 사람이 물속으로 들어갔다 솟아오르면 서 있던 두 사람이 까르르 웃음을 터뜨렸다. 또 다른 사람이 물속으로 들어 갔다 물 위로 솟구친다. 기다리고 있던 두 사람은 어깨를 들썩이며 웃는다. 그들은 번갈아 가며 같은 동작을 했지만 매번 폭소를 터뜨렸다.

'얼마나 시원할까?'

무슬림 여성들은 피부를 밖으로 드러내지 않는다. 피부를 드러내는 것은 남성을 성적으로 탈선하도록 유혹하는 것이며, 사회 혼란의 원인으로 인식한다고 한다. 그래서 온몸을 검은 옷으로 감추고 머리에도 히잡(hijab)을 쓴다고 했다. 한국에서 그 옷차림으로 수영장에 들어간다면 입장을 막았을 테지만 말레이시아는 이슬람 국가라 가능한 모양이다. 남자들의 수영복도 상·하의가 모두 긴 팔 긴 바지였다.

　인터폰이 울린다. 할머니가 마사지를 받을 시간이다. 목화는 현관문을 열어주고 나서 할머니의 옷 벗는 일을 거들었다. 마사지사들은 히잡을 썼지만 검정색 블라우스에 바지 차림이다.

　할머니는 눈을 지그시 감고 상의를 탈의한 채 마사지를 받고 있다. 평소 입을 꽉 다물고 있을 때면 완고해 보였지만 오늘 할머니의 얼굴은 주름이 깊이 파여 있고 목주름도 겹으로 늘어져 있다. 차갑고 단단해 보이던 할머니의 모습이 오늘따라 약하고 초라해 보인다. 까닭 없이 짜증을 낼 때면 목화도 화가 났다. 하지만 몸이 불편하기 때문이라고 고쳐 생각했다. 불쌍한 할머니이니 잘 돌봐달라는 사장의 얘기가 아니라도 목화는 정성을 다해 할머니를 돌보고 있었다.

　이제 할머니는 잠이 든 듯 고요하다. 그 모습을 바라보고 있자니 불현듯 부모님의 얼굴이 떠오른다.

　"취직이 됐다고야, 우리나라에서도 취직이 안됐는디,

오매, 이른 존 일이 어딧다냐. 춤이라도 추고 싶다야."

엄마의 음성이 금세 기쁨으로 넘쳐서 수화기를 타고 쩡쩡 울렸다.

"엄마, 너무 좋아하지 마. 여그는 월급이 얼마 안 돼."

"거그서 밥벌이라도 하고 있당께 얼매나 다행이냐, 장하다 우리 딸!"

엄마한테 전화를 건네받은 아빠도 그녀의 취직이 무슨 벼슬이라도 되는 양 기뻐했다. 목화는 감격해 하시는 부모님의 음성에 어떤 고생도 참고 견딜 수 있을 것 같았다. 그동안 부모님을 기쁘게 해드리겠단 일념으로 어려움을 견뎌냈던 것 같다.

"아! 아, 아~프다."

할머니의 날카로운 음성이 조용한 방 안 공기를 찢었다. 마사지사의 강한 손길에 통증을 느낀 모양이다.

"가만가만 하세요."

목화도 놀라 소리치며 소파에서 벌떡 일어났다. 여자 마사지사는 할머니에게 미안하다고 말한다. 그런 뒤 그녀는 팔뚝 안쪽의 부드러운 피부를 이용하여 할머니의 다리를 문지른다. 할머니는 다시 눈을 지그시 감는다.

엄마는 들에서 돌아오면 방바닥에 엎드리고 누우시며,

"목화야! 허리 잔 밟아라."

했다. 그녀는 엄마의 허리를 조심조심 밟았다.

삼 년 전, 아빠는 경운기 전복 사고로 허리 수술을 받은 후, 후유증으로 일을 할 수 없다. 그 후부터 엄마는 두 분이 함께했던 농사일을 거의 혼자 감당하고 있다. 목화가 시골집에 내려가 있을 때도 엄마는 쉴 틈이 없었다. 온종일 고추를 따면 집에 돌아와 말리는 일이 또 남아 있었다. 고추를 당장 널어두지 않으면 습기가 차서 썩었다. 오로지 고추 농사만 짓고 산다면 그나마 견딜 수 있겠지만 농촌에서 살다 보니 가지, 상추, 오이, 호박 등의 일이 한꺼번에 주인의 손을 기다리고 있었다. 호박이나 가지를 따면 썰어서 말리고…… 풀은 언제 뽑아주나, 끝없이 이어지는 일 앞에서 목화는 엄마의 일을 거들며 고단함에 울고 싶었다.

"여기도 한번 꾹꾹 밟아라."

엄마는 끙끙 앓으며 힘껏 밟아달라고 말하곤 했다. 이

곳에서 마사지라도 한번 받으면 허리가 거뜬해질 수 있을까.

목화는 핸드폰을 들고 발코니로 나갔다.

"엄마! 농사일 끝나면 아빠랑 한번 놀러 오세요."

농한기인 겨울이 되면, 이곳은 일 년 중 가장 바쁜 성수기였다. 그 사실을 잘 알면서도 그녀도 모르게 나온 소리였다.

"그 먼 데까징? 아서라, 비행기 멀미 날까 겁난다."

"비행기는 타보지도 못했으면서 멀미는 무슨 멀미……"

말이 끝나기도 전에 눈앞이 희미해진다. 그녀의 월급을 축낼까 염려한 대답일 터였다. 한번은 라면으로 끼니를 이어가고 있을 때였다.

"엄마! 우리는 언제 잘살 수 있어?"

"인제는 니 오빠도 공부 다 끝났으니께, 괜찮아질 거여."

"그때가 언젠데? 이젠 지긋지긋해!"

"사주쟁이가 그러는디, 니 오빠는 서른일곱이 돼야 괜

찮것다고 하드라."

엄마의 한심한 대답에 목화는 울면서 소리쳤던 기억이 떠올라 마음이 심란해진다.

*

아잔(Azan)*의 아~~알 수 없는 언어가 중얼중얼 들려온다. 기도시간을 알려주는 소리다. 눈을 떠보니 침실은 아직도 어둡다. 새벽 6시인 모양이다. 예전에는 아잔의 음성을 레스토랑에서 손님을 맞으며 들었지만 요즘은 침실에 누워서 듣는다.

이 시간, 그녀 대신 사장이 손님을 맞고 있을 것이다. 천억금 할머니의 도우미 역할에 충실해 달라는 사장의 지시 덕분이다. 목화는 아잔의 음성을 들으며 자리에서 일어났다. 벌써부터 뒤척거리던 할머니도 으흠, 으흠, 가래 끓는 목을 가다듬는다. 어쨌거나 아잔의 음성은 이슬

---

* 이슬람에서 예배의 시각을 알리는 육성에 의한 부름으로, 유대교의 나팔, 기독교의 종에 해당한다. : 네이버 지식백과, 종교학 대사전.

람교도들에게는 기도를, 목화에게는 하루를 시작하는 출발 신호였다. 발코니로 나가니 멀리 떨어져 있는 팜핀이라는 마을에서 노란 불빛이 뿜어져 나온다. 시원한 바람이 살랑살랑 불어온다. 살갗에 부딪히는 삽상한 느낌이 기분 좋다.

어두운 하늘에는 별이 초롱하다. 북두칠성이 보인다. 반갑다. 여름 밤, 시골집 마당에서 보았던 별들이 이곳의 하늘에서도 보인다. 가족들의 얼굴이 안개꽃처럼 떠오른다.

별들이 조금씩 사라지고 검은 하늘이 푸르스름해진다. 거의 같은 시각에 새소리가 들려오기 시작한다. 주위의 모습이 차츰 드러난다. 쾌적한 공기가 하루를 시작할 힘을 실어준다.

*

할머니는 아침 식사를 끝내고 화장실 일까지 마쳤다.

"할머니, 사무실에 잠시 다녀와도 될까요?"

"한 사장이 부르든가?"

"오늘 귀국하는 손님들도 있고, 예약 손님들의 스케줄도 사장님과 의논드려야 하고, 가봐야 할 것 같아요. 한 시간가량은 화장실 가실 일은 없겠죠?"

"그걸 알 사람이 어딨어?"

할머니는 금세 못마땅한 얼굴로 그녀를 빤히 바라본다.

"기저귀하고 계시니까 한 시간은 괜찮을 거예요. 침대로 올라가실래요? 소파에 계실래요?"

"침대."

목화는 할머니를 휠체어에서 침대로 올려드렸다. 할머니는 그녀의 몸무게보다 더 무거웠다. 그런 할머니를 하루에도 몇 번씩 침대에서 휠체어로, 소파로, 화장실로 옮겨 드리는 일이 그녀로선 벅찬 일과였다. 목화는 TV를 켠 뒤 리모컨을 할머니의 손에 쥐어 드렸다.

목화는 종종걸음으로 사무실에 도착했다. 마침 한 사장이 사무실에 있었다.

"짜증은 좀 덜하신가?"

한 사장은 할머니의 건강 상태를 그런 식으로 물었다. 미안함이 묻어나는 음성이다. 목화는 미소로 대답을 대신했다. 한 사장에게 무슨 말을 한들 도움이 되지 않았다. 또 정당한 임금을 받고 일하고 있으니 군말이 필요 없었다. 이미 그 사실을 그녀는 알고 있었고, 한 사장도 알고 있었다. 할머니의 까탈스러운 성격이 처음보다는 많이 부드러워진 셈이었다. 그러나 할머니는 자신이 감옥을 산다며 목화에게 온갖 짜증을 쏟았다.

목화는 사무실 책상 위에 놓여있는 낯익은 아이스박스를 보았다. 왕하오가 보낸 상자라는 것은 금방 알 수 있었지만 선뜻 열어볼 수는 없었다.

잠시 후, 유리창 너머로 얼굴에 밀가루를 묻힌 알리가 나타났다.

"고맙다고 전해줘."

네, 알리는 수줍은 미소를 지으며 사라졌다. 목화는 그제야 상자를 열었다. 안에는 도넛 모양의 디저트와 버블티가 들어있다. 그녀는 버블티를 두 개로 나눈 뒤 도넛 접시를 티테이블 위에 올려 놓았다.

"사장님, 티타임입니다."

"이렇게 맛있는 걸 보내다니, 제과장이 보낸 건가?"

"네."

"역시."

한 사장이 도넛을 맛보더니 감동한 표정이다.

목화는 그제야 도넛을 한 입 베어 물었다. 부드러운 노랑 속살이 입안에서 사르르 녹는다. 처음 먹어본 디저트였다.

로비에서 왕하오를 만났다.

"고마워. 아까 그 디저트 뭐로 만들었어?"

"두리안이야."

그는 싱겁게 한마디를 던지곤 바쁜 일이라도 있는 사람처럼 주방 쪽으로 사라졌다.

열대 과일 중에는 두리안이라는 과일이 있다. 호박처럼 길거나 둥근 모양인데 겉껍질은 여주처럼 우툴두툴하고 괴물처럼 못생겼다. 게다가 구린내가 심해서 냄새를 숨길 수 없다. 그러나 속을 열어보면 연한 노랑 과육이 여러 개 들어있다. 과육 속에는 씨앗이 크게 자리 잡고 있지만, 맛은 부드럽고 달다. 처음에는 두리안의 냄새에 얼굴을 찌푸리지만, 과육을 맛보면 다시 찾게 된다고 했다. 이곳 사람들은 두리안을 천국의 맛과 지옥의 냄새라고 말했다. 목화는 두리안만은 여전히 눈길이 가지 않았다. 그런데 그 맛있던 디저트가 두리안이란 말에 목화는 놀라지 않을 수 없었다.

*

목화는 마사지 예약 손님 명단, 입국할 손님 명단과 귀국할 손님 명단, 출국 시간, 귀국 시간을 입력해 두었던 일정표를 출력했다. 서류를 한 사장에게 건네주고 서둘러 밖으로 나왔다.

그녀는 바기(전동카, 말레이어)스테이션으로 갔다. 캐디들은 모두 손님들을 따라 페어웨이로 나가고 관리장과 흑인 청년이 한 명 남아 있었다.

"바기 있으면 한 대 내줄 수 있어요?"

목화는 조용한 전동카 스테이션 안을 둘러보며 물었다.

"고장 난 바기밖에 없어요. 고쳐놓은 거 있나 알아보겠습니다."

관리장의 말이 끝나기도 전에 흑인이 밖으로 나갔다. 성수기라 전동카는 모두 손님들이 타고 나가고 충전이 필요한 바기와 고장 난 바기만 대기 중이었다. 밖으로 나갔던 청년이 전동카를 타고 돌아왔다. 고마워요. 목화는 전동카를 타자마자 바쁘게 돌아섰다. 그동안 천억금 할머니 곁에서 온갖 잔심부름은 고사하고 할머니를 휠체어에 태우고 화장실로, 소파로, 침대로 옮기는 육체적 노동도 많았지만, 그보다는 할머니의 신경질적인 말이나 억지가 그녀를 더 고단하게 했다. 지치기도 했지만 답답함이 스멀스멀 기어 올랐다. 전동카를 타고 골프장 카트 도로를 달렸다. 뜻밖에 산소를 만난 것 같다. 손님들이 골프를 하며 그녀를 힐끗거린다. 목화는 어깨가 들리도록 심호흡을 하며 전동카를 몰고 싶다. 속도가 좀 더 빨랐으면 좋으련만, 전동카는 아무리 밟아도 20km를 넘지 않는다. 태양이 노릇노릇 익어가는 시간이라 정수리가 뜨끈뜨근해진다.

A 코스를 지나, B 코스로 이동한다. 나무숲 사이로 바라보이는 푸르른 하늘, 흰 구름, 푸른 강물, 열대 꽃들…… 그 사이를 지나며,

"목화야!!!"

소리를 지르며 지나가다 나무 아래서 문득 멈췄다. 서른하나, 한 해가 떠나갈 채비를 하고 있다. 며칠 전, 달력의 마지막 장과 맞닥뜨렸을 때 머릿속이 서늘해졌다.

이렇게 사는 것이 자신이 원했던 삶일까? 희망은 어디로 가고…… 배부른 한탄(?)이 슬금슬금 기어 나왔다.

"백마 탄 왕자님만 기다리지 말고 적극적인 사람이 되어봐."

공항까지 배웅 나온 친구 지은이 그녀에게 해준 말이었다.

"사람이 나타나야 적극적일 수 있지."

목화의 말에 지은은 자신감을 얻었는지, 네가 먼저 다가가 보라고 했다. 경호와 헤어진 사실을 알고 있는 그녀는 사뭇 진지한 얼굴이었다.

"안 그래도 찾아보고 있거든."

"너라면 충분히 멋진 남자를 만날 거야."

치아를 교정 중이던 지은이 앞니를 활짝 드러내며 웃는다.

"넌 결혼 소식이나 전해줘."

"모르겠다."

지은은 한숨을 쉬었다. 그러나 이내 어깨를 활짝 폈다.

"건강한 모습으로 돌아와."

지은이는 몇 번이고 목화의 등을 토닥였다. 오늘따라 지은이가 그립다. 그녀라면 며칠이라도 자신의 고민을 들어줄 것이다.

카트 도로가 초록 잔디 사이로 곡선을 그리며 이어진다. 어느 곳을 둘러보아도 녹색 농담과 맑고 푸른 하늘이 눈부시다. 키다리 야자나무에는 야자가 주렁주렁 달려있고 주변에는 샛노랗거나 새빨간 열대 꽃이 무성하다. 깊은 숨을 들이키면 맑은 공기와 꽃향기가 몸속 구석구석까지 파고들어 전신이 정화될 것 같다. 목화는 가슴을 한껏 내밀고 바람을 받으며 달린다. 이제야 어딘가 막혔던 곳이 뻥뻥 뚫리는 기분이다. 한참을 달리다 보니 시원한 지하도로를 달리고 있다. 목화는 뜨거워진 정수리를 식히느라 지하도로에서 잠시 멈춘다. 골프장에는 2차선과 4차선 도로 아래로 지하 카트 도로가 여럿 있었다. 2차선 지하도로는 밖에서도 통로가 훤히 보였지만, 4차선 지하도로는 통로가 길어서 햇볕이 들지 않아 언제나 시원했다. 언덕으로 이어진 지하도로를 타고 바람이 몰려온다. 햇볕은 뜨겁지만 건조한 바람이라 그늘로 들어가면 공기는 상큼하다. 목화는 모처럼 유쾌한 기분을 느끼며 잠시 쉬었다 출발한다.

언덕을 지나고 작은 다리와 숲을 지나 C 코스로 이동한다. 시계를 보니 한 시간이 훌쩍 지나있다. 어쩌지? 할머니가 기다리고 있다고 생각하니 마음이 조급해진다. 할머니 죄송해요. 딱 오늘만 늦을게요.

*

목화는 로비에서 저녁 9시쯤에 도착하는 손님들을 기다리고 있다. 그녀가 할 일은 새로운 손님들이 도착하면 레스토랑에서 저녁 식사를 할 수 있도록 안내하고, 프린트물(숙소에서 지킬 일, 골프 시작 시간, 식사 시간 등)을 나눠주는 일이었다. 이후로도 그녀의 일은 끝나지 않는다. 식사를 마치고 숙소로 들어간 손님들이 더운물이 안 나온다든지, 에어컨 가동이 안 된다든지, 금고가 번호를 인식하지 못한다든지 등등의 불편신고를 해왔다. 목화는 당장 도와야 할 일과 내일 기술자가 와서 해야 할 일을 가려서 곧바로 해결해 주어야 했다. 이런 잡다한 불편 신고가 접수될 수 있어서 한두 시간은 족히 대기하고 있어야 했다.

목화는 클럽하우스 로비 소파에 앉아 커피를 마신다. 저만치 왕하오가 다가온다. 퇴근 시간인 모양이다. 흰색 셰프복 대신 흰색 면바지에 푸른색 면 남방 차림이다. 젖은 머리카락이 아마 위로 내려와 있다. 금방 샤워를 끝냈는지 오늘따라 그 모습이 상큼해 보인다. 선한 얼굴에 미소를 주체하지 못하는 그가 사랑스럽다.

"손님은 아직 도착하지 않은 모양이구나."

그가 레스토랑을 돌아본 뒤 물었다. 목화는 대답 대신

고개를 끄덕였다.

"잘됐네. 밖으로 나가자."

그가 로비 후문을 열고 먼저 밖으로 나가며 문을 붙잡고 선다. 후문 밖은 야외 카페였다. 잔디와 자연석이 깔린 넓은 공간에 라탄 테이블과 의자가 군데군데 놓여있고, 주위에는 가로등이 은은하게 비추고 있다. 야외 카페를 지나 레스토랑을 끼고 꺾어지면 야외 수영장이 있었다. 밤의 수영장은 늘 한가했다. 이곳은 산속이라 그런지 밤이면 비교적 시원한 편이었다. 낮에는 스콜성 비가 한두 차례 내려 뜨거운 열기를 식혀주었고, 밤이면 습기 없는 건조한 바람이 불어 시원했다. 골프장이라 그런지 모기도 없었다.

저녁이면 식사를 마친 한국의 할아버지 할머니들이 카페에 끼리끼리 둘러앉아 과일이나 맥주, 차를 마시며 얘기꽃을 피웠다. 이때쯤이면 낮의 열기는 사라지고 삽상한 바람이 불었다. 숙소로 들어가 잠을 청하기보다는 시원한 야외에 앉아 쉬는 손님들이 많았다. 라탄 의자에 몸을 깊이 묻고 앉아서 얘기를 나누는 사람들도 있고, 한국에서 가져온 팩 소주를 마시며 흥이 나서 떠드는 손님들도 많았다. 아무리 둘러봐도 한국인들뿐이다. 한국의 여느 카페 분위기다. 단지 손님들이 노인들이라는 것뿐. 한가롭고 평화롭다. 카페에 앉아 어쩌다 무심히 밤하늘을 쳐다보노라면 깜깜한 밤하늘에 별들이 초롱초롱 빛났다.

목화는 왕하오를 따라 나와 야외 테이블에 마주 앉았다. 늦은 시간에도 주변에는 한국 손님들이 두세 군데 모여 있다.

"할머니 다리는 언제나 낫는다니?"

"요즘 많이 좋아지셨어. 아마도 보름이나 이십일 정도면 해방될 수 있을 거야."

"고단하지?"

사무와 병간호를 함께 하는 그녀를 염려하여 묻는 말이었다. 어스름한 불빛 속에서도 그의 애처로워하는 눈빛만은 선명하다.

"지금은 아주 익숙해졌어. 처음엔 갓난아기를 키우는 느낌이었는데."

"피곤해 보여."

왕하오의 얘기가 뜻밖에도 대담해진다.

"괜찮아."

목화는 고개를 흔들며 대답한다.

"언제나 시간이 날까? 말라카도 함께 가고 싶고⋯⋯"

다음 말은 그녀의 시선을 붙잡고 눈으로 말한다. 오늘 따라 왕하오의 음성이 간절하게 들린다. 할머니의 깁스한 다리 때문에 급속도로 번져가던 애정이 완급을 조절이라도 하듯이 만남이 어려워졌다. 그는 묶여 있는 목화가 답답한 모양이다.

드디어 손님들이 입국했다. 그녀는 손님들을 식당으로 안내하고 인쇄물을 나누어 주고 카드 키까지 전해주고 돌아오니 왕하오는 그때까지도 카페에서 그녀를 기다리고 있었다.

"할머니가 기다리고 계셔 얼른 들어가야 해."

목화는 선 채 말했다. 그가 자리에서 일어나 성큼성큼 앞장선다. 그녀는 왕하오의 승용차를 타고 콘도로 돌아온다. 이미 자정이 가깝다.

만남

사띠는 십 대로 보일 만큼 앳된 모습이었지만 알고 보니 24세나 되었다. 까무잡잡한 피부에 몸집이 작고 왜소했다. 눈썹 사이에는 언제나 까만 점이 찍혀 있었다. 인도계 여성들은 결혼 전에 검은색 점을 찍고 결혼하면 여러 가지 색깔로 찍는다고 했다. 말레이시아 인도계 사람들은 눈동자가 크고 속눈썹이 유난히 길고, 눈썹은 그린 것처럼 가늘고 둥근 모양이 특징이었다. 그런 까닭에 여자들은 윤곽이 뚜렷하고 아름다웠다.

식당에서 홀 서비스를 하는 여직원들은 검정 바지에 검정 블라우스, 검정 히잡을 쓰고 그것도 모자라 히잡의 남은 부분은 상의 옷깃 속으로 집어넣어 목을 가렸다. 남직원들도 검정 바지에 검정 남방셔츠 차림이었고, 호텔직원들도 마찬가지였다. 사장은 말레이 사람들의 옷차림이 종교적 신념에서 맨살을 보이지 않으려는 행동이라고 말했다.

사띠는 기본적으로 말레이어, 영어, 힌디어를 할 줄 알고 요즘은 독학으로 한국어를 배우고 있다고 했다.

그 무렵 한국에서 방영 중인 드라마가 그곳에서도 방영 중이었다. 사띠는 그 드라마에 흠뻑 빠져 있었다. 내용은 러브스토리에 복수가 담긴 내용이었다.

사띠는 목화의 테이블로 와서 한국말을 건네며 커피를 가져다준다.

"고맙다."

목화가 한국말로 말하자 사띠가 고맙다, 라고 한국말을 힘주어 말하며 살짝 웃는다. 그 모습이 천진난만해 보인다.

"사띠, 오늘 참 예쁘다."

라고 칭찬하자, 그녀는 기쁨을 숨기지 못했다. 이후

그녀는 목화를 만날 때면,

"살라맛 빠기!"

하고 아침 인사를 잊지 않았다. 사띠의 조상들은 영국 식민지 시절, 말레이시아의 자원을 개발하기 위해 노동력을 대거 유입하게 되었을 때 들어온 인도 사람들이었다.

사띠는 식사 시간 외에도 가끔 목화의 사무실 앞을 서성거렸다. 목화가 유리창을 두드리며 들어와, 라고 말하면 사띠는 어색함을 감추려는지 고개를 좌우로 흔들며 안으로 들어왔다.

한 사장은 한가할 때면 골프 회원들과 내기 골프를 즐겼기 때문에 사무실을 비울 때가 많았다.

"어제 드라마 봤어?"

"못 봤어."

목화는 한국 드라마가 방영 중일 때도 할머니 시중을 드느라 제대로 보지 못했다. 시중을 들다 보면 드라마는 이미 끝난 뒤였다.

"지연 씨는 현중과 중식 중 누굴 선택할까?"

"글쎄."

목화의 무성의한 대답에도 사띠는 삼각관계인 연인들이 걱정되는 모양이다. 엄마의 결혼 반대에도 그들은 사랑할 수 있을까? 사띠는 드라마 속 여주인공이 되어있었다. 한국 사람들은 모두 아파트에서 살아? 한국의 젊은 여자와 남자들은 왜 그렇게 잘 생겼어?

사띠의 궁금증은 끝 없이 이어졌다. 목화는 골프 예약 때문에 사무실에 나왔기 때문에 사띠의 질문에는 잠시만, 하고 기다리게 하거나, 또는 건성으로 대충 대답했다. 그런데도 사띠는 드라마 속에 묻혀있는 표정이다. 긴 속눈썹에 얇게 쌍꺼풀진 눈동자는 사랑에 대한 호기심으로 가득하다. 사띠의 조그맣고 까만 손가락에는 싸구려 금색 도금 반지가 끼워져 있다. 수건으로 식탁을 닦을 때마다 노란 싸구려 반지가 유난히 눈에 띄었다. 양쪽 콧구멍에도 노란색 싸구려 피어싱이 달려있다.

"사띠, 애인 있니?"

목화가 묻자 그녀는 당황하며 얼굴을 붉힌다.

"있구나."

그 소리에 사띠가 고개를 저었다. 목화는 괜히 물었나 싶어서 미안했다.

골프장에서 일을 시작한지 일주일가량 되었을 때였다.
레스토랑에서 식사가 끝난 뒤 잔에 커피를 내린 다음 디저트 코너로 가서 무얼 먹을까, 생각하며 케이크를 고르고 있을 때였다.

"커피에는 이 케이크가 잘 어울립니다."

뜻밖에도 영어 발음이 매끄럽게 들렸다. 영어가 익숙한 사람의 음성이었다. 뒤를 돌아보니 흰 옷 차림의 사내가 서 있다. 목화는 그의 추천대로 케이크 한 조각을 접시에 올린 뒤 자리로 돌아왔다.

한국에 있을 때는 카페 앞을 지날 때 발걸음을 재촉하곤 했다. 카페에서 원두커피 한잔을 마시고 싶어도 참아야 했다. 이십 대 초반에는 알바를 하며 믹스커피를 즐겨 마셨다. 이곳 레스토랑에서는 원두로 내려놓은 커피를 언제든 마실 수 있었다. 비록 커피 향기는 없었지만, 신맛을 좋아하지 않는 목화에게는 무난한 맛이었다. 이곳에서는 커피와 함께 케이크나 머핀 등의 디저트를 마음껏 먹을 수 있었다. 아름다운 자연 속에서 매일 다양한 뷔페 음식을 먹고 마시며 근무하고 있는 환경을 생각하면 한국에서 근무하는 것보다 크게 나쁠 것도 없었지만, 월급을 생각하면 초라하기 그지없었다.

차를 다 마셨을 때 사띠가 다가왔다.

"저 사람, 누군지 아니?"

사띠가 케이크를 골라주던 흰 가운의 사내를 가리켰다. 목화가 고개를 흔들자

"호텔 베이커리 왕하오 셰프야."

라고 일러주었다. 왕하오 셰프는 제과 제빵, 디저트 등을 만들고, 디저트 코너를 장식하는 일을 맡고 있다고 알려주었다.

다음 날, 점심 식사가 끝날 즈음 사띠가 쟁반을 들고 다가왔다.

"왕하오 셰프가 특별히 준비해 준 커피와 디저트에요."

목화가 고개를 돌려 디저트 코너를 바라봤다. 그는 보

이지 않았다.

"방금 저에게 전해주고 들어갔어요."

뜻밖의 선물에 목화는 당황했다.

"고맙다고 전해줘."

"네."

사띠는 커피를 전해주고 곧장 다른 자리로 걸어갔다. 커피는 향기가 그윽하고 맛이 깔끔했다.

이틀 뒤, 로비에서 왕하오 셰프를 만났다. 목화는 먼저 다가가 감사 인사를 전한 뒤, 사무실에서 근무하는 목화라고 자신을 소개했다. 그러자 그도 제과부에서 일하는 왕하오라고 소개했다.

그는 얼굴 생김생김이 한국인과 비슷했고, 피부 색깔도 황인종이라 그녀와 다를 바 없었다. 그 때문인지 외국인이라는 선입견이나 낯가림이 느껴지지 않았다. 단지 이 나라 남자들의 상징 같은 콧수염을 그도 기르고 있었다. 윤기 나는 건강한 얼굴과 밝은 미소가 보기 좋았다.

며칠 뒤 사무실로 들어오니 사띠가 그녀를 기다리고

있었던 듯 따라 들어왔다.

　"알리가 이걸 모카에게 전하려고 사무실 문 앞에서 기다리고 있는 걸 내가 받아놨어. 왕하오 셰프가 보낸 거래."

　그녀의 책상 아래 연두색 아이스박스가 놓여있었다. 목화는 넙죽넙죽 받아도 되는지 잠시 망설였다. 그러나 호기심을 느끼며 서 있는 사띠의 표정에 상자를 열었다. 목화는 종이상자 속에서 막 구워낸 듯 따뜻한 쿠키와 보냉병을 꺼냈다. 따뜻한 쿠키는 처음이었다. 그녀는 커피를 두 개의 잔에 나누어 부은 뒤 사띠에게 먼저 권했다. 왕하오가 그녀를 위해 만든 간식이라고 생각하니 부담이 되었지만, 그의 작업(?)이 싫지 않았다. 땅콩과 초콜릿이 들어있는 쿠키는 고소하고 씁쓰름했다. 얼음이 들어있는 차가운 커피는 머릿속까지 시원했다. 혀에 전해지는 과자의 따뜻함과 커피의 차가움을 번갈아 느끼며 경계와 호기심 또한 동시에 느꼈다. 사띠는 처음 먹어본 쿠키라며 마지막까지 먹어치웠다.

식사 후 혼자 커피를 마시는 시간이 목화는 가장 행복했다. 짧은 시간이었지만 사색과 휴식을 주는 힐링의 시간이기도 했다. 그 시간에도 가끔 손님들이 다가와 마사지 예약, 관광할 수 있는 장소 등 이런저런 물음을 던지기도 했다. 또 불편 사항 등 민원을 들어주어야 할 때도 많았지만 커피를 마시는 시간은 즐거웠다. 식후 세 번의 커피는 기본이었고 나른해지는 오후 3, 4시면 왕하오가 보낸 커피 한 잔을 추가했다. 하루 네 잔이나 다섯 잔은 물을 마시듯 했다. 다행히 이곳의 커피는 진하지 않아서 커피 중독이나 불면 등의 후유증은 없었다.

레스토랑의 후식 코너 옆에는 냉커피와 따뜻한 커피 두 종류가 있었다. 따뜻한 커피는 커피통 아래 항상 작은 불꽃이 타고 있었고, 커피통 아랫부분에는 수도꼭지가 하나 달려있었다. 커피잔을 꼭지 아래 가져다 놓고 꼭지를 젖히면 따뜻한 커피가 쏟아져 나왔다. 커피가 내려지면 잔 받침을 한 뒤 커피를 들고 다소곳이 자리로 돌아갔다. 커피를 마실 때면 언제나 케이크 한두 조각이나 쿠키 등과 함께 먹었다. 이곳에 와서 생긴 습관이었다.

이곳 골프장은 주중에는 언제든 골프를 할 수 있었지만, 주말에는 오전만 골프를 하고 오후에는 손님들을 쉬게 했다. 대신 잔디 관리를 위해 골프장 주변의 풀이나 나무 등의 정리 작업이나 잔디 깎기, 물주기 등의 일로 페어웨이*관리를 했다.

이런 회사 방침에 따라 목화는 주말 오후가 유일한 공휴일이었고 휴식시간이었다. 그러나 주말에 입국하는 손님이 있거나 귀국하는 손님들이 있을 때는 손님맞이나 귀국을 도와야 했다. 또 가끔 주말 오후에 현지 손님들이 골프를 하러 오기도 했다. 그 손님들은 이 나라 현지인들로 사업가나 공무원이었다. 공무원에게는 주중이든 일요일이든 관계없이 전동카에 VVIP 깃발을 달아주고 라운드를 할 수 있게 했다. 한국 손님들을 제치고 캐디를 붙여 언제든 자유롭게 골프를 하게 했다. 골프장에 무슨 일이 생길 때면 어떤 어려운 일이든 무마해 줄 해결사들이 공무원이었다. 이들이 골프장의 가장 큰 손님(?)

---

* 페어웨이(fairway) : 티와 그린 사이의 잘 손질된 잔디 지대.

들이었다.

어쨌든 그녀에게는 일요일 오후가 숨구멍이었다.

한번은 속옷이며 생리대 등의 물품을 사기 위해 그랩 Grab 택시를 불렀다.

"택시는 왜? 무슨 일이라도 있니?"

로비 직원과 얘기를 나누고 있던 왕하오가 언제 들었는지 그녀에게 다가와서 물었다.

"쇼핑하려고."

"그럼 내 차를 타고 가."

"택시가 올 거니까 괜찮아. 이미 오고 있을 거야."

"돌아오려면 또 택시를 불러야 하잖아. 그러니까 내 차를 가져가."

목화는 민폐를 끼치고 싶지 않아 그랩택시를 탈 생각이었다. 그러자 이번에는 사띠까지 나서서 왕하오의 차를 타고 가라고 조르듯이 말했다. 목화는 택시를 돌려보내고 왕하오의 승용차를 이용했다. 그의 차는 일본산 소형 승용차였다.

쇼핑에서 돌아와 차 키를 전달하려고 주방 안을 기웃

거렸지만 그는 보이지 않았다. 사띠에게 물어보니 주방 옆방이 제과부라고 가르쳐 주었다. 제과부 쪽으로 가자 투명 유리창으로 실내가 보였다. 뒤로 돌아서서 뭔가 열심히 일하고 있던 왕하오가 불현듯 뒤를 돌아보았다. 기다리고 있었던 모양이었다. 그가 손을 닦은 뒤 밖으로 나왔다.

"고마워. 기름값은 얼마가 좋을까?"

"돈을 받으려고 빌려준 게 아니야. 기쁘게 빌려준 거니까 언제든 이용해."

왕하오가 열쇠를 받으며 말했다.

"차가 필요하거든 택시 부르지 말고 언제든 말해."

그는 즐거운 미소를 지으며 돌아섰다.

"사띠야, 왕하오에게 기름값을 주고 싶은데 받질 않네. 어떻게 보답하면 돼?"

"왕하오가 받을 생각이 없다고 했다면 넌 주지 않아도 돼."

"왜?"

"왕하오가 너에게 베풀고 싶어서 한 일이니까 갚으려

고 하면 안 돼."

"그러면 난 고마움을 모르는 사람이 되잖아."

"넌 기쁘게 받아. 그런 다음 다른 사람에게 베풀면 되잖아."

사띠는 활짝 웃으며 말했다.

한번은 왕하오가 탐핀 시내에 볼일이 있어 외출한다며 쇼핑할 일이 있으면 따라나서라고 말했다. 그러지 않아도 미장원에 다녀올까 생각 중이었던 때라 목화는 손지갑을 들고 따라나섰다. 그의 옷차림은 좀 특별해 보였다. 면바지는 통이 넓고 남방도 헐렁했다. 마치 몸속에 바람을 가득 채운 바람풍선 같았다.

왕하오가 운전대를 잡은 채 목화를 돌아보며 흐뭇한 표정을 지었다.

"마트 부근에 떨쳐주고 가. 돌아올 때는 내가 알아서 올게."

왕하오가 다시 빙그레 웃는다.

"여자 혼자 외출하는 건 위험해. 일이 끝나면 네가 전화하든 내가 전화할게. 전화번호를 가르쳐 줘."

그는 차를 한쪽에 세우며 말했다. 그녀가 전화번호를 알려주자, 왕하오는 곧바로 전화를 걸어 목화의 핸드폰 벨 소리를 확인하고 난 뒤 다시 출발했다.

미장원에서 머리카락을 정리하고 마트 앞으로 돌아오니 왕하오가 차 안에서 기다리고 있다가 밖으로 나왔다.

그는 잠시 쉬었다 가자며 목화를 일층 카페로 이끌었다. 그녀는 바람풍선 같은 그의 뒤를 따르며 안아보면 폭신폭신 기분이 좋아질 것 같단 생각이 들었다. 그가 주문한 주스를 가지고 성큼성큼 다가온다. 걸음걸이, 옷차림, 표정, 세상의 어떤 시선도 개의치 않는 당당함과 자유로움이 느껴진다. 그와 시선이 마주치자 목화는 자신도 모르게 미소를 짓고 있었다. 차를 마시며 그를 바라보니 이마까지 내려온 앞 머리카락이 단정하다. 만약 그에게서 턱수염을 제거하면 이 나라 사람들의 특징이라곤 찾아볼 수 없다. 옷차림이며 헤어스타일 등 어떤 것도 이 나라 사람 같지 않다. 그는 천천히 운전하며 시내를 한 바퀴 돌아 골프장으로 향했다.

"디저트와 커피 고마워. 이젠 보내지 않아도 돼."

"왜?"

그는 조금 놀란 목소리로 묻는다.

"식사 때마다 너무 많이 먹어서 걱정이거든, 간식까지 챙겨 먹다간 뚱보가 될 거야. 앞으론 간식은 안 먹을 생각이야."

"내가 만들어 준 디저트는 살찌는 음식이 아니고 건강식이야. 그러니까 염려하지 않아도 돼."

"그런 건 다 어디서 배운 거니?"

"호텔에서 일하다 호주에서 이 년간 유학했어. 그곳에서 알바를 하면서 제과 제빵을 제대로 배웠지."

말레이시아 사람들은 가까운 호주로 유학을 떠난다고 했다. 그곳에서 알바를 하면서 공부했는데 제과점 주인이 함께 일하자고 붙잡아서 공부가 끝난 뒤에도 이 년간 파티시에로 일했다고 했다. 호주는 뭔가 자유롭고 알 수 없는 매력이 있는 나라라고 말했다. 그는 고국에서 느낄수 없었던 자유로움이 좋아서 한동안 귀국하고 싶지 않았다고 했다. 그가 이 나라 사람들과 다르게 보였던 건

호주에서 보냈던 자유로운 시간이 이즘의 그를 만든 것은 아니었을까.

"귀국하길 잘했단 생각이 들어."

그가 문득 혼잣말처럼 중얼거렸다.

"왜?"

"후후후."

그가 목소리를 높여 웃었다.

"왜?"

"후후…… 널 만나려고 그랬나 봐."

그의 한마디에 목화는 심장이 쿵쿵거렸다.

불법체류

정오 무렵이 되자 대형 버스로 손님들이 많이 들어왔다. 연말을 맞아 여행사를 통해 일주일이나 열흘가량의 휴가를 보낼 단기 체류 손님들이었다. 클럽하우스 로비는 마치 관광객들을 풀어놓은 것 같다. 목화는 이미 배정해 놓은 방 키와 콘도 이용 규칙 등을 기록한 안내서를 여행사 인솔자에게 넘겨주고 식당의 위치와 수영장, 마트 등을 자세히 알려주었다. 그런 다음 그녀는 부리나케 할머니에게 다녀왔다. 입실 후 불편 사항이 있는지 점검하기 위해 사무실로 돌아오자, 사무실 앞에는 낯익은 손님들이 모여 웅성거리고 있었다.

"예약했던 마사지사가 오지 않아요. 아무리 인터폰을 해도 받지 않아서 사무실로 와보니 아무도 보이지 않고…… 짜증이 나네요."

마사지사가 약속을 지키지 않는다며 하나둘 사무실로 찾아온 손님들이었다.

"죄송합니다. 잠시만요, 연락해볼게요. 절대 그럴 사람들이 아니에요."

목화는 흥분한 손님들을 진정시키며 핸드폰을 들었다. 지금껏 이런 일은 단 한 번도 없었다. 몸이 불편하거나 무슨 일이 있을 때면 목화에게 미리 연락을 주었고, 못 나오면 대타를 보낸다는 연락까지 했던 사람들이었다. 이런 경우는 처음이라 목화는 당황했다. 리조트에 드나드는 마사지사들을 관리하는 여사장에게 제일 먼저 전화를 걸었다. 불통이다. 다른 마사지사에게 돌아가며 전화를 했지만 핸드폰은 하나같이 꺼져 있었다. 이 사람들이 데모를 하나?

"들어가 계십시오. 인터폰으로 연락드리겠습니다. 이렇게 약속을 안 지킨 일은 없었는데 죄송합니다. 연락드리겠습니다."

그 사이 사무실 인터폰이 불이 났다. 예약 시간이 지났는데도 마사지사가 안 온다며 여기저기서 아우성이었다. 어떤 이는 다른 마사지사라도 불러 달라며 그녀에게 화를 냈다. 사장에게 연락하자 사고가 있었다며 당분간 마사지 예약은 잡지 말 것과, 예약 손님들에게 연락하여 취소되었음을 전하라고 지시했다. 마사지사에게 무슨 사고가 있었던 것일까? 목화는 궁금했지만 방마다 인터폰으로 취소 연락을 해야 했다.

"죄송합니다. 마사지사의 갑작스런 사정으로 당분간 마사지를 할 수 없게 되었습니다. 이 일로 사장님께서 마사지사들을 구해보려고 쿠알라룸푸르에 나가셨습니다. 죄~"

인터폰이 뚝 끊긴다.

"……뭐야? ……사장한테 전해. 이따위로 영업할 것 같으면 사업 망하는 줄 알라고."

미안합니다, 죄송합니다, 방마다 연락을 계속하다 보니 진정성은 사라지고 앵무새가 된 것 같다. 또 입에는 온갖 쓰레기를 물고 있는 기분이다.

다음 날, 아침 일찍 출근한 목화는 사장에게 어제 있었던 일을 전했다.

"사장님, 1812호 손님, 1926호 손님은…… 아무리 사과해도 막무가내예요. 사장님이 직접 전화해 달래요."

"장관님, 연락이 늦어 죄송합니다. ……네네. 아닙니다. 말씀하신 성폭행, 그런 불미스런 사고가 아닙니다. 아시다시피 두 명이 항상 방으로 들어가 마사지를 하기 때문에 상상하신 일은 결코 아닙니다…… 실은 장관님만 아세요. 이 나라는 이민이 까다롭습니다. 그러다 보니 불법체류자들이 많아요. 마사지사들은 태국에서 온 불법체류자들인데 요즘 일을 많이 하다 보니 누군가 고발을 한 모양입니다. 곧 강제추방을 당할 겁니다. 누가 찌른 거죠. 다른 마사지사들을 구하는 대로 장관님께 제일 먼저 보내겠습니다. 네네, 장관님. 마사지를 제일 잘하는 놈으로. 네네."

한 사장은 이제 고개를 굽실굽실하면서 말한다. 상대방의 말의 강도가 센 까닭이다. 죄송합니다를 업그레이

드할 더 이상의 언어가 없다고 생각됐는지 몸이 반응하기 시작한다. 음성에 비굴함까지 묻어있다. 사장이 말하는 장관은 전직 장관이다. 낡은 명함을 내밀며 사장을 마음대로 주무를 수 있다고 생각하는 사람이었다. 손님들 중에는 전직 국회의원이나 시장, 구청장들도 있었다. 사장은 명함을 내밀지 않는 손님들은 모두 사장님으로 호칭했다.

슈퍼의 삼촌에게서도 굽실거리는 모습을 많이 보아온 터였다. 저런 모습이 삼촌이 말하는 장사의 비결(?)이라는 것일까?

이 사건은 쿠알라룸푸르에서 데려온 마사지사가 투입되면서 일단락되었다.

*

왕하오가 레스토랑을 통해 사무실 안으로 들어왔다. 그녀와 시선이 마주치자 왕하오의 얼굴이 환해진다. 목화는 마치 햇살을 받은 것처럼 전신이 따뜻해지는 걸 느

낀다. 그는 중식당에서 배달 온 라이더처럼 그녀의 책상
에 플라스틱 박스를 올려놓은 다음 케이크를 꺼냈다. 흰
색 크림 속에 빨간색 딸기를 이 단으로 이어 올린 케이크
였다. 화려하면서도 눈부시다.

"웬 케이크야?"

그러잖아도 근무 시간에 이런 걸 손수 들고 그녀의 사
무실에 들락거리는 모습이 타인의 눈에 띌까 염려되었
던 때였다. 마침 사장이 없어 다행이란 생각도 들었다.

"간다."

그는 목화를 향해 윙크를 해 보인 뒤 돌아섰다.

"땡큐!"

목화는 그의 등에 대고 말했다 케이크에 올려진 딸기
는 딸기밭에서 막 딴것처럼 싱싱하고 야물었다. 케이크
를 보니 그의 정성이 한눈에 보였다. 목화는 사진을 찍
고 나서 가만히 내려다보고 있다.

태어나서 이런 호사는 거의 누려본 적이 없었다. 알
바를 하는 동안 생일날이면 편의점 미역국을 사서 전자
레인지에 데워 먹으며 눈물을 찔끔 떨궜던 적이 있었다.

살아온 시간 속에 이처럼 고마운 마음이 일었던 적은 없었다. 음식이 그녀의 마음을 이렇게 즐겁게 하다니⋯⋯ 조금 치사하단 생각까지 들었다.

중학교 일학년 때, 우연히 친구 집에 놀러 갔다가 친구 오빠들과 함께 카드놀이를 했던 기억이 난다. 친구 오빠는 중 3이었다. 친구 오빠의 친구인 J도 마침 일요일이라 놀러 와 있었다. J는 목화의 시선이 가는 곳마다 따라 다녔다. 목화가 하굣길에 친구 집에 들렀던 건 순전히 J를 보기 위해서였다. 그들은 늘 방안에서 카드놀이를 하거나 TV를 시청했다. 주로 드라마를 이어서 보거나 한꺼번에 몰아보곤 했다.

한번은 동네 만홧가게에서 만화를 빌려와서 함께 보곤 했는데, J는 만화책 속에 편지를 넣어 건네주곤 했다. 편지에는 사랑한다는 말이 적혀 있었다. 그 편지를 받았던 다음 날 목화는 부끄러워 J를 보지 못했다. J는 친구 집에 올 때 가끔 과자를 사가지고 오기도 했다. 과자를 나눠 먹던 무렵 여름방학을 맞았다. 방학이 끝났을 때 J는 보이지 않았다. 시골로 전학을 갔다는 담임선생님의 얘기를 들었다고, 친구 오빠가 전해주었다. 목화는 J가 그리웠지만 연락할 길이 없었다. 아마도 그것이 첫사랑이었을 것이라고 목화는 생각했다. 요즘 그때의 황홀했던 기분이 다시 살아난다.

*

천억금 할머니가 잠이 들었다.

초보 간병인 노릇은 생각보다 힘들었다. 할머니는 마음대로 움직일 수 없어선지 성질이 급하고 짜증을 잘 냈다. 물, 리모컨, 화장실, 변비, 약, 선풍기, 망고…… 명사만 늘어놓았다. 그녀는 조종당하는 로봇처럼 바쁘게 움직였다. 할머니는 목화가 간병인 노릇을 얼마나 잘하는지 지켜보겠단 표정이 많았다. 그런 모습을 볼 때면 심한 모욕감을 느꼈다. 어쩔 때는 화장실에서도 곁에 서 있게 했다. 어지럽다는 것이었다. 두 손이 멀쩡한데도 화장실 물을 내려달라고 하는가 하면, 변비가 말썽이라며 관장을 시켜달라고 하는 것은 귀여운 명령이었다. 그러나 그 모든 일이 그녀의 업무였고, 매사 잘해야만 했다.

할머니가 주무실 때면 틈틈이 노트북을 열고 인터넷 카페를 통해 골프 문의를 해오는 한국 손님들에게 일일이 댓글을 달아주기도 하고, 단골손님들의 카톡이나 문자는 친절하게 답신을 보내기도 했다. 카페에 궁금할만한 사항은 적혀 있음에도 말레이시아 날씨에 관해 묻는 손님들이 많았다. ……밤에는 서늘하니 가디건이 필요합니다. 목화는 오늘도 질의에 대해 답글을 쓴다.

통탕! 통탕! 탕!

밤 10시면 어김없이 들려오는 소리. 지축이 울린다. 골프장 끝에 있다는 원주민 공연장에서 불꽃놀이가 시작된 모양이다. 목화는 노트북을 닫고 발코니로 나갔다. 콘도 왼쪽 하늘에서 폭죽이 터지고 있다. 펑! 펑! 소리가 날 때마다 어두운 하늘에 국화꽃, 별, 안개꽃, 폭포수 등 다양한 모양과 노랑, 빨강, 파랑, 흰색의 폭죽이 밤하늘에 그림을 그리며 쏟아져 내렸다.

목화가 폭죽을 처음 본 것은 천억금 할머니의 방이었다. 천억금 할머니의 방은 18층이었다. 유리창을 통해 골프장의 풍경이 시원스럽게 내다보였고, 그 끝은 산으로 이어져 있었다. 낮에는 라운딩하는 모습도 가까이서 볼 수 있었다.

목화의 숙소는 골프장 안에 있는 빌라 일층이었다. 빌라 앞뒤로 큰 나무들이 우거져 있었고, 길 건너편에 고층 리조트 건물이 있어서 폭죽이 터지는 것은 꿈에도 생각지 못했다. 처음 몇 달간은 매일 밤 폭죽 소리를 들으며 골프장 주위에 사는 중국인들이 폭죽을 터뜨리는 것으로 알고 있었고, 어지간히 폭죽을 좋아하는 모양이라고 생각했다.

이곳을 처음 방문한 손님들은, 특히 폭죽을 볼 수 없는 방향에서 지내고 있는 손님들은 매일 밤 폭죽 소리 때문에 잠을 잘 수 없다거나, 막 잠이 들었는데 폭죽 소리 때문에 깨었다며 불평을 늘어놓기도 했다.

나중에 사장을 통해 알게 된 것은 이곳이 레저타운이라 골프장 안에 사파리와 쇼를 관람할 수 있는 공연장이 따로 있다는 것과, 매일 밤 쇼가 끝나는 10시면 폭죽을 터트린다고 했다. 그 일은 들어서 알고 있었지만 콘도에서 폭죽을 보게 될 줄은 꿈에도 생각지 못했다. 사장은 손님들의 방을 배정하는 그녀에게 특실은 사장과 친분이 있는 손님이나 특별회원들에게만 배정하라고 매번 명단을 내밀었다.

천억금 할머니도 특별회원이라 뷰가 가장 좋은 방에 배정되었다. 복도에서 보면 특실이라 씌어 있지 않고 넘버만 적혀 있지만 내부적으로는 특실이 따로 있었다. 특실은 일반 방과 달리 거실과 방이 크고 넓었다. 거실에는 주방과 식탁까지 딸린 것은 물론이고, 전면이 훤히 트여 있어서 골프장의 페어웨이 외에도 먼 산의 경치까지 바라보였다. 그야말로 힐링의 장소였다. 거기까지는 목화도 알고 있었지만 밤이면 폭죽까지 볼 수 있을 것이라고는 상상도 못 했던 일이었다.

바람에 유리창이 덜컹거린다. 밤이 깊어진 모양이다.

*

　캐디들이 모여 있는 곳은 바기(전동카)스테이션이다. 그곳은 캐디들이 전동카를 충전하고 보관하는 장소였다. 캐디들은 그곳에서 손님들을 위해 대기하고 있다가 부르면 언제든 따라나섰다. 남은 캐디들은 그곳에서 쉬면서 2부 손님을 기다렸다.

　이 골프 클럽에는 여자 캐디가 없다. 캐디들은 모두 이십 대 전후의 남자들이었다. 그들은 말레이 사람들과 인도네시아, 태국, 등지의 사람들로 현지인과 거의 같은 비율로 일하고 있다. 타국에서 온 캐디들은 자기 나라보다 말레이시아의 임금이 높아서 이곳에서 일한다고 했다. 언어도 거의 비슷해서 일하는 데 별다른 불편이 없을뿐더러 국경을 사이에 두고 있어 언제든 월경이 가능하다고 했다.

*

벨 소리에 현관문을 열어보니 강 회장 부부가 서 있다. 탈모로 정수리가 훤히 드러나 보이는 할아버지와 웨이브가 적당히 살아있는 은발의 할머니가 망고 상자를 들고 방문했다. 천억금 할머니가 병원에서 깁스하고 돌아온 다음 날에도 강 회장 부부는 망고 상자를 안고 제일 먼저 병문안을 온 사람들이었다.

할머니는 강 회장 부부의 방문을 몹시 반가워했다.

"드시고 싶으신 것 있으시면 뭐든 말씀하세요. 여긴 물가가 싸기도 하지만 과일이 풍부하고 싱싱해요."

조그맣고 단아한 모습의 강 회장 부인이 말했다.

"식당 음식만으로도 충분합니다. 염려 마세요. 이렇게 신경을 써주시니 고마워요."

"빨리 회복하셔서 함께 운동하셔야죠."

"염려해 주시니 곧 좋아질 겁니다."

강 회장 부부는 할머니께서 식사는 잘하는지, 다리 외에 아픈 곳은 없는지 목화에게 세세하게 물었다. 급한 일이나 불편한 일이 있으면 언제든 연락을 달라고 당부하는 것도 잊지 않았다. 강 회장 부인은 방을 나가며 목화에게 수고한다며 봉투를 쥐여 주었다. 목화는 강회장 부인의 부드러운 손길을 통해 주부가 일상적으로 해야하는 살림살이 같은 건 해본 적 없는 손이라고 생각되었다. 하지만 사모님의 얼굴에는 어딘지 그늘이 느껴졌다. 반면 대머리 강 회장의 얼굴은 잔주름도 없이 건강해 보였다.

천억금 할머니와 함께 입국한 동반자들은 한꺼번에 우르르 몰려와 병문안을 다녀갔다. 하지만 강 회장 부부는 할머니를 극진히 대했다.

강 회장 부부가 방을 나가자,

"망고 상자, 이리 가져오게."

할머니의 부드럽고 나긋나긋하던 목소리는 온데간데없고 어느새 일상적인 음성으로 돌아와 있다. 목화는 상자를 할머니 앞에 내려놓은 후, 주방으로 가서 접시와 칼을 가져왔다.

"열어봐."

목화는 노란 테이프를 뜯어내고 상자를 열었다. 망고 위에 꽤 큼직한 종이봉투가 들어있다. 할머니가 손수 봉투를 꺼내 개봉했다. 뜻밖에도 달러 다발이 들어있다.

"나를 금고 앞으로 데려다주게."

어느새 목소리가 밝아져 있다.

*

어스름한 숲속에서 우~사이렌 소리가 들린다. 드디어 샷건*이 울렸다. 뒤이어 쨍, 소리와 함께 여기저기서 굿샷! 을 외치는 소리가 들린다. 사무실에서는 듣지 못했지만 콘도에서는 티샷** 소리가 가깝게 들려온다. 그녀는 침대에서 일어나 발코니로 나간다. 콘도 앞 B 코스에 전동카가 줄지어 서 있다. 홀마다 전동카가 서 있을 시간이다.

---

* 샷건 : 발사 형태를 빗대어 말하는 것으로, 전 홀에서 동시에 티샷 (tee shot)을 하는 것.
** 티샷(Tee shot) : 각 홀에서 처음 하는 샷.

"나이스 샷!"

유쾌한 음성이 들려온다. 잠시 경기를 지켜보던 목화는 자신도 모르게 맨손으로 스윙*** 연습을 한다.

그녀도 공을 힘껏 날리고 싶다. 스트레스가 한 방에 날아갈 것 같다.

그녀가 골프를 배운 것은 얼마 되지 않았다. 골프장에서 일하다 보니 골프를 배워두면 좋겠단 생각은 했지만, 골프를 배울 수 있으리라곤 생각지 못했다.

지난해 9월, 비수기가 되자 골프장은 텅텅 비었다고 할 정도로 손님이 없었다. 현지인들이 가끔 찾아왔지만 한국인들이 끊긴 골프장은 스산할 정도였다. 한 사장은 한가한 틈을 이용해 휴가차 한국에 다녀올 생각이라고 했지만 목적은 골프장 홍보를 위한 업무의 연장이었다.

한 사장이 돌아오면 그녀에게도 2주간의 휴가를 주겠다고 했다. 한국에 다녀오든지 여행이라도 다녀오라고 말했다. 목화는 처음 얻은 휴가라 곧바로 귀국할 생각을 했지만 항공 요금을 가볍게 생각할 수 없었다. 비수기

*** 스윙(Swing) : 볼을 치기 위해 클럽을 휘두르는 일.

동안 뭘 할 수 있을까 생각하다 골프라도 배워볼까, 라는 생각이 들었다. 그녀가 감히 골프를 배우겠다고 생각을 할 수 있었던 건 골프채 때문이었다. 장기간 운동을 하는 손님들은 한 달에 한두 번 정도 버스를 전세 내어 대도시로 관광을 나가는 날이 있었다.

한번은 쿠알라룸푸르로 관광을 갔다. 현지 가이드가 있었지만 그녀도 동행했다. 면세점에서 손님 한 분이 골프채와 골프가방을 새로 산 뒤, 쓰던 골프채와 골프가방을 목화에게 주고 귀국했다. 공항에서 짐을 부칠 때 20kg이 넘으면 추가 요금이 발생하기 때문에 취한 조치였다. 그때 목화는 골프채를 중고 센터에 팔 수 있을까 생각하며 숙소에 가져다 두었다. 신발장에 넣어두었던 골프채가 가끔 눈에 띄었다. 기회가 되면 골프를 배우겠다고 생각했다. 골프 프로가 되는 것도 나쁘지 않을 것 같았다.

목화는 비수기 동안 영어공부와 골프를 배울 욕심으로 망설였던 귀국을 접었다. 방학을 맞은 학생처럼 계획을 세웠다. 아침저녁으론 골프를 배우고, 외출할 수 없는 한낮에는 영어공부를 할 계획이었다.

귀국을 앞둔 한 사장에게 목화는 골프를 배우고 싶다고 말했다. 한 사장은 프로만큼 골프를 잘하는 사람이 있긴 한데, 시간이 없어 가르쳐주긴 어려울 것이라고 혼잣말을 했다. 대신 골프를 잘하는 에펜디라는 캐디가 있으니 그 캐디에게 배워보라고 말했다.

목화는 에펜디라는 캐디에게 골프를 배우기 시작했다.

그 며칠 후, 한 사장이 로비에서 한 무리의 현지인들과 함께 웃으며 대화를 나누다가 지나가는 그녀를 불렀다.

"이 대리, 내가 말했던 그 프로님이야."

한 사장은 외모가 준수한 한 흑인을 소개했다. 그는 검정 선글라스를 쓰고 있다가 얼른 선글라스를 벗었다. 한 사장이 흑인에게 목화가 골프를 배우고 싶어 한다고 말하자 그는 선뜻 주말에는 골프를 가르쳐줄 수 있다고 말했다. 그는 자밀이라는 인도계 흑인으로 사업을 하고 있다고 했다. 그는 공무원 친구들 덕분에 VIP 대접을 받으며 골프를 하는 모양이었다. 이삼십 대로 보이는 그는 혼혈 흑인인지 황인종과 흑인의 중간 정도의 피부 색깔이었다. 인도계 특유의 진한 눈썹에 눈이 부리부리했다. 그도 이 나라 젊은이들처럼 콧수염과 턱수염을 기르고 있었다. 키가 큰 때문인지 골프복이 잘 어울렸다.

목화가 골프 레슨을 시작할 무렵 한 사장은 출국했다.

자밀은 약속대로 골프장에 나타났다. 그는 목화에게 골프채 잡는 법, 스윙하는 과정을 하나하나 친절하게 설명해 주었다. 어릴 때부터 프로 골퍼가 되려고 열심히 골프를 했다는 그는 대회에 참가해 많은 상을 받기도 했다고 한다. 하지만 수차례 슬럼프를 겪으며 매번 경쟁하며 살아야 하는 삶이 지겨워지더라고 했다. 그래서 곧바로 골프를 접었다 한다. 이제는 마음 편히 골프를 즐기며 부모의 사업을 돕고 있다고 했다.

자밀이 골프를 가르쳐주고 떠나면 목화는 혼자서 골프 연습을 했다. 주중에는 아침저녁 에펜디의 지도를 받아가며 골프 연습을 하고, 한낮에는 태양을 피해 영어공부를 했다. 달리 할 일도 없었지만 숲속에 자리 잡은 골프장이라 밖에 나갈 일도 없어서 공부하는 데는 더할 나위 없이 좋은 기회였다.

주말이면 자밀이 어김없이 나타나 개인 지도를 해주었다. 보름쯤 되었을 때 자밀은 자신도 골프 연습을 할 겸 언제든 와서 지도해주겠다고 했다. 그는 골프장에서 승용차로 삼십 여분 거리에 있는 읍내에 살고 있었다.

그는 주중에도 한두 번 골프장에 나와 목화에게 개인 지도를 해주고, 그도 옆에서 골프 연습을 했다. 그는 레슨을 할 때 시선을 땅바닥에 둔채 말했다. 수줍어서 하는 행동은 아닐 텐데, 생각하면서도 그의 모습이 낯설었다. 한번은 스윙연습을 할 때였는데 그의 손이 그녀의 어깨에 닿을 듯 스쳤다. 그가 깜짝 놀라는 표정이었다.

"저는 천천히 배워도 되니까 주말 대신 언제든 편한 시간에 와서 지도해주시면 고맙겠습니다."

"주말에 무슨 일이라도 생겼습니까?"

자밀은 의아한 표정으로 물었다.

"그런 건 아니에요."

"그렇다면 왜 그렇습니까?"

그는 궁금한지 다시 물었다.

"하는 일도 있고, 그게 편할 것 같아요."

"그렇다면 토욜날은 제가 와서 개인 지도를 하고 라운드*가 있는 날은 동반자들보다 조금 일찍 와서 레슨을 하겠습니다."

자밀은 얘기를 하다 말고 또 시선을 아래로 내렸다. 목화는 자밀이 생각보다 수줍음이 많은 사람이라고 생각했다.

삼 주가 지났을 때 자밀은 이런 진도라면 프로로 나가도 되겠다며 칭찬을 아끼지 않았다. 한 사장은 출국하며 그녀에게 말했다. 아무리 진도가 빠르다 해도 최소 이 개월은 지나야 라운드가 가능할 거라고 말했다. 하지만 자밀은 한 달이 지나자 라운드를 해도 되겠다고 말했다. 목화는 기뻐서 껑충껑충 뛰었다.

이른 아침, 골프 연습을 마치고 숙소로 돌아와 샤워를 끝내면 노트북을 열고 인터넷 카페로 들어갔다. 골프 예약이 들어왔는지 확인하는 것이 그녀의 업무였다. 행복하게도 골프 예약이 없는 날이 계속되었다. 그녀는 골프

---

* 라운드(Round) : 18홀 코스를 모두 도는 것.

와 영어공부로 시간을 보냈다.

*

첫 라운드를 하기로 한 토요일 오후였다. 목화는 전동카가 있는 바기 스테이션으로 갔다. 자밀이 미리 와서 전동카에 앉아 있었다. 자밀은 그녀가 도착하자 전동카를 타고 따라오라고 말한 뒤 혼자서 앞으로 나갔다. 캐디들 속에 끼어있던 에펜디가 그녀를 보고 자리에서 일어나 골프가방을 받아 전동카에 실었다.

이 골프장의 전동카는 4인용인 한국과 달리 모두 2인용 전동카였다. 함께 타도될 텐데 왜 혼자서 가지? 목화는 그런 생각을 하며 전동카에 올랐다.

"파이팅!"

에펜디가 그녀를 마중하며 소리쳤다.

목화가 전동카를 타고 스타터 앞에 도착했을 때 자밀은 저만치 떨어진 곳에서 그녀를 기다리고 있었다. 목화는 전동카를 운전하며 그의 뒤를 따랐다.

A 코스에서 첫 라운드가 시작되었다. 목화는 긴장한 채 자밀의 스윙 자세를 자세히 살펴본 뒤 어깨의 힘을 빼고 드라이버샷*을 날렸다. 하늘을 향한 공은 둥글게 포물선을 그리며 가까운 곳에 떨어졌다.

"너무 긴장해서 뒤땅이 맞았어요. 처음이니까 잘하려고 하지 마세요."

목화는 몇 번의 연습 스윙 끝에 다시금 샷을 날렸다. 이번에는 공이 앞을 향해 멀리 날아갔다. 그는 나이스 샷을 외치며 손뼉을 쳤다.

그들은 각자 자신의 공을 향해 걸었다. 자밀은 두세 걸음 앞에서 성큼성큼 걸었다. 목화는 그동안 녹색 카펫을 깔아놓은 듯한 페어웨이를 걷는 기분은 어떨까 궁금했었다. 골프 연습을 할 때마다 이런 날을 상상하며 연습을 게을리하지 않았다. 골프화 밑바닥을 타고 전해지는 폭신폭신한 느낌, 가슴이 뻥 뚫리도록 아득한 페어웨이, 군데군데 서 있는 야자수와 열대 꽃, 청청한 공기, 푸른 하늘 속에 멈춰있는 흰 구름, 강물 위로 솟아오르는

---

* 드라이버 샷(Driver shot) : 가장 먼 거리를 보낼 수 있는 1번 우드 로 볼을 치는 것.

분수, 골프 코스를 따라 구불구불 이어지는 전동카 도로…… 놀랍도록 아름다운 풍경화 속에 그녀가 있었다. 시급으로 살던 그녀가 골프를 하고 있다는 게 가당한 일인가? 몇 달 전만 해도 천덕꾸러기로 일당도 없이 무더운 마트에서 물건을 올리고 내리며 진열하는 일을 수없이 반복하며 살지 않았던가. 공은 좀 못 친다고 해도 크게 나쁠 것 같진 않았다. 야자수 사이사이로 내다보이는 주변의 숲은 녹색 농담으로 눈부시도록 아름다웠다.

자밀의 세컨드 샷은 어슴프레하게 멀리 날아가 보이지 않았다. 큰 키에 완벽해 보이는 스윙 자세는 관능적으로 보였다. 타석에서 공을 치고 난 뒤 자밀의 얼굴에 그려지는 얇은 미소를 보며 목화는 머잖아 그녀에게도 그런 날이 오리라는 상상으로 즐거웠다. 그러나 생각만큼 공이 잘 나가지 않았고, 연달아 실수할 때면 목화는 부끄러워 쩔쩔맸다. 연습장에서 공을 칠 때와는 매우 달랐다. 발의 높이나 공의 위치가 달라서 매번 애를 먹었다. 자밀은 목화가 실수하면 이렇게 한번 해보라고 몇 번씩 친절하게 가르쳐주었다.

"오늘은 실수하는 날입니다. 첫 라운드에 실수하지 않은 사람은 없어요."

자밀은 그녀의 마음을 꿰뚫고 있는 듯이 말했다.

"나도 첨에 그랬어요. 처음에는 다들 그렇게 쳐요."

자밀은 습관인 듯 입술을 모으며 미소를 지었다.

목화는 샷을 할 때마다 공이 좌우측으로 날아갔다. 그렇지만 계속된 라운드에 샷은 조금씩 안정되어 갔다. 목화는 이리저리 날아가는 골프공을 찾으러 다니느라 땀을 뻘뻘 흘렸다. 캐디가 없다 보니 골프채를 바꿀 때면 멀리 떨어져 있는 전동카로 되돌아가서 채를 바꾸어야 하고, 공을 치고 나서는 공을 찾으러 뛰어다니느라 바빴다.

뜻밖에도 아름다운 자연을 즐길 여유는 없었다. 또 공을 치고 나면 도로에 세워둔 전동카를 가지러 되돌아가야 하는 불편함이 계속되었다. 홀이 바뀔 때마다 매번 뒤돌아가 전동카를 몰고 와야 하는 번거로움에 목화는 절반도 돌기 전에 지치기 시작했다. 그녀는 그제야 캐디가 필요한 이유를 알았다.

자밀은 목화가 공을 찾아 이리저리 씩씩거리며 뛰어
다니는 모습이 안 되어 보였는지 자신의 골프 백을 그녀
의 전동카에 실었다. 전동카 한 대는 그 자리에 두고 목
화의 전동카를 자밀이 손수 운전했다. 자밀이 전동카를
몰게 되자 운동이 훨씬 편해졌다.

다행인 것은 주말 오후라 앞서가는 팀도 없고 뒤에서
쫓아오는 팀이 없어서 몇 번이고 연습 샷이 가능했다.

아이언 샷을 하며 실수가 거듭되자 자밀은 스윙궤도
를 고쳐주며 목화의 어깨를 돌렸다 놓으며 놀란 듯 손을
내렸다. 또 한번은 어깨의 힘을 빼라며 왼팔을 잡아당겼
다가 얼른 손을 놓았다. 자밀이 난감해하는 모습을 보자
목화는 오히려 대범해졌다. 그는 가끔 목화와 시선이 마
주칠 때면 당황할 때가 많았다. 목화는 그런 자밀이 순
수해 보였다.

오늘 첫 라운드를 하면서 자밀은 처음으로 몇 차례 그
녀를 똑바로 바라보거나 미소를 짓기도 했다. 그를 가까
이서 바라보니 짙은 속눈썹은 여자들의 인조 속눈썹만
큼이나 길었다. 그 때문인지 자밀이 먼 곳을 바라볼 때

면 사색에 잠긴듯했다.

목화가 티샷을 하기 위해 연습 샷을 할 때면 그는 가까이 다가와 지켜보곤 했다. 그때마다 목과 얼굴에 자밀의 눈길이 느껴졌다. 페어웨이에서도 그는 제법 그녀를 똑바로 바라보았고, 짧은 순간이었지만 그의 눈빛이 목화의 눈동자를 붙잡고 놓지 않을 때도 있었다.

13번 홀을 지났을 무렵에야 목화는 드라이버 샷을 날리는 재미를 느꼈다. 그러나 어프로치 샷*이나 퍼팅**은 전혀 되지 않았다. 그런데도 자밀은 첫 라운드치고는 훌륭하다고 칭찬을 아끼지 않았다.

라운드가 끝났을 때 목화는 체력이 완전히 방전되었다.

"그동안 잘 가르쳐 주신 덕분에 즐거웠습니다. 오늘은 제가 저녁을 사겠습니다."

"아닙니다. 주말이라 저녁 약속이 있습니다."

자밀은 자신의 골프가방을 끌어 내리며 말했다. 목화

---

* 어프로치샷 : 짧은 거리에서 그린에 볼을 올리기 위해 시도하는 샷의 총칭.
** 퍼팅(Putting) : 퍼터로 그린에서 볼을 홀에 넣기 위해 치는 것.

는 준비했던 선물을 자밀에게 내밀었다. 레슨비와 골프 장갑과 골프공 한 상자였다.

"장갑과 골프공은 잘 쓰겠습니다. 이건 사양합니다."

그는 레슨비를 돌려주며 말했다.

골프장에 근무하면서 알게 된 일이지만 첫 라운드 하는 날을 머리 올리는 날(?)이라고 했다. 손님들로부터 머리 올리는 날에 대한 갖가지 추억을 들었던 터라 목화는 나름 감사하는 마음을 전하고 싶었다. 그러나 그는 겸손한 자세로 레슨비가 들어있는 봉투는 끝내 받지 않았다.

"첫 라운드는 훌륭했습니다."

자밀은 한 마디를 남기고 홀홀히 골프장을 떠났다. 그는 친절하면서도 어쩔 땐 너무나 조심스럽게 행동했다. 그녀는 그런 자밀의 신사적이고 예의 바른 모습이 좋았다.

목화는 자밀의 지도에 부응하려고 캐디 에펜디를 불러 벙커샷*을 연습하느라 모래땅에서 며칠씩 연습을 거

* 벙커샷(Bunker shot) : 벙커 안에 떨어진 볼을 그린 또는 페어웨이로 쳐 내는 것.

듭하였고, 그린 주변에서는 어프로치 샷 연습에도 매달렸다.

이후, 자밀과 몇 차례 라운드하며 본격적인 골프 수업을 받았다.

조만간 내기 골프도 가능하겠습니다. 그의 한마디에 목화는 골프 연습장을 벗어날 수가 없었다.

11월 중순이 지나면서 한국인들이 골프장을 찾기 시작하자 그녀의 골프 수업은 중단되었다. 더욱이 천억금 할머니가 부상을 당한뒤 골프는 생각조차 할 수 없었다.

*

할머니의 저녁 식사를 가지러 식당으로 가는 길에 잠시 사무실에 들렀다. 마침 한 사장이 손님과 상담 중이었다.

그녀의 책상 위에는 뜻밖에도 흰색 커피 꽃이 한 아름 놓여있었다. 왕하오가 가져다 놓았음이 분명하다고 생각하며 목화는 컴퓨터를 열고 인터넷 카페 속으로 들어갔다.

"사띠가 꽃을 가져다 놓던데."

한 사장이 뒤를 돌아보며 말했다.

"아, 그래요?"

"이 대리! 오늘 밤 도착하는 손님이 있는데……"

"그러잖아도 제가 기다렸다 안내하려고 했어요."

"할머니가 서운해할 텐데."

할머니 병간호에 지장이 없겠느냐는 염려의 말이었
다.

"오늘 손님들은 새벽 한 시경에 도착할 예정이고, 그
시간에 할머닌 주무시고 계실 테니까 괜찮아요."

"오늘 운동을 했더니 뻐근한데."

한 사장은 손님과 다시 얘기를 이어갔다.

"사장님, 염려 마시고 쉬세요."

목화의 시원한 한마디가 마음에 드는지 한 사장은 고
개를 주억거렸다.

그동안 할머니의 병간호로 목화가 움직일 수 없게 되
자 한 사장은 평소 대외적인 일만 했지만, 그녀가 하던 일까지 대신했다.

　로비에 앉아 있자니 몇 사람의 낯익은 목소리가 들렸다. 사띠와 여자 동료가 식당을 나왔다. 이제야 퇴근하는 모양이다. 퇴근길의 사띠는 검정 바지와 블라우스 대신 검정 원피스로 갈아입은 모습이다. 동료들도 사띠와 같은 옷차림이다. 단지 사띠의 옆구리에 끼고 있는 조그마한 분홍색 핸드백이 눈길을 끈다. 지금껏 보지 못했던 핸드백이다.

　"사띠, 분홍색 핸드백과 옷이 잘 어울린다."

　그녀의 말에 사띠가 빙그레 미소를 지으며 동료를 먼저 보내고 다가온다.

　"사띠, 꽃 고마워."

　목화는 한국말로 말했다.

　"꽃 좋아?"

　사띠도 한국말로 물으며 옆자리에 앉았다.

　"고마워. 이 나라에 와서 꽃을 선물 받은 건 첨이야. 정말 고마워."

　"꽃 좋아해?"

"아주 많이 좋아하지, 하지만 꽃을 꺾는 건 좋아하지 않아."

사띠는 조금 의아한 얼굴로 그녀를 뚫어져라 바라보았다.

"그게 그러니까……"

시골집 봄 마당에는 언제나 모란이 무성했다. 엄마는 꽃봉오리가 올라오면 튼실한 꽃봉오리는 그대로 두고 작은 꽃봉오리는 따서 그 자리에 버렸다.

"엄마! 아까운 꽃봉오리를 왜 따서 버려?"

"봉오리가 너무 많으면 꽃송이가 크지도 않제만, 꽃이 모두 피면 출산을 한 것 맹이로 꽃나무가 힘들어져."

꽃봉오리를 따준 다음날이었다. 땅에 떨어져 있던 몇 개의 꽃봉오리가 놀랍게도 꽃이 피어있었다. 목화는 목이 잘린 꽃을 주워 엄마에게 가져갔다.

"엄마가 꽃봉오리를 따불었는디 꽃이 폈어."

따버린 꽃봉오리지만 본래 가지고 있는 영양분으로 꽃이 핀다는 엄마의 설명에 목화는 그 사실이 놀랍고 신기하기만 했다. 비록 목은 잘렸어도 얼마간 생명은 유지

되는 모양이었다. 꽃을 피우기 위해 마지막 한 오라기의 에너지까지 끌어모아 꽃을 피웠을 것을 생각하니 …… 연민이 느껴졌다.

그 꽃은 한두 시간을 버티지 못하고 시들었다. 보이지 않는 가운데 생명은 조금씩 연소되고 있었던 모양이다.

이후부터 생명에 대한 경외심이 생겼는지 모른다. 죽었다고 생각한 것도 얼마간은 생명의 에너지가 남아 있지 않을까, 그 생각이 들면 생명이 있는 것은 모두 귀하고 소중하단 생각이 들었다.

"그래서 난 풀꽃도 꺾지 못해."

사띠는 심각한 얼굴로 듣고 있더니 말했다.

"앞으론 나도 꺾지 않을게. 간밤에 드라마에서 꽃을 선물하는 걸 보고 나도 따라 했어."

목화는 드라마를 현실로 받아들이는 사띠의 행동에 실소했다.

폭죽

며칠 전 사띠가 서커스 관람권을 두 장 얻었다며 몹시
기뻐했다. 연말이라 공연은 밤 10시에 시작한다고 했다.
사띠는 목화에게 관람권을 보여주며 함께 가자고 말했
다. 매일 밤, 할머니의 방에서 폭죽을 볼 수는 있었지만
서커스는 어떻게 하는지 궁금했다.

목화는 할머니가 잠든 뒤라 약속 시각에 맞춰 로비로
나갔다. 사띠가 그녀를 기다리고 있었다. 사띠를 따라
밖으로 나갔더니 왕하오가 주차장에서 그녀들을 기다리
고 있었다.

"어떻게 된 일이야?"

목화가 사띠에게 묻자 왕하오가 대답했다.

"사띠가 부탁했어. 공연장까지는 걸어서 갈 수 있는 거리가 아니야. 갈 때는 사띠 오토바이를 타고 갈 수 있겠지만, 돌아올 때는 사띠가 이곳까지 모카를 데려다줘야 하는데 시간이 너무 늦어서 혼자 집으로 돌아가기가 걱정된다며 나한테 부탁했어."

목화가 왕하오의 승용차에 오르자 사띠는 그녀가 출퇴근할 때 이용하는 오토바이에 올랐다.

"사띠도 나와 함께 왕하오의 차를 타는 것 아니었어?"

사띠가 오토바이를 골프장에 두고 왕하오의 차를 타게 되면 다음 날 오토바이로 출근할 수 없기 때문이라고 했다. 사띠가 앞장서고 왕하오가 천천히 뒤를 따랐다. 목화는 거의 매일 밤 폭죽을 보았지만 공연장은 정확히 어디에 있는지 알지 못했다. 승용차는 골프장 입구를 벗어나 C 코스 옆을 지나갔다. 길가에 가로등이 있었지만 주위는 어스름했다.

"혹시 입장권을 준 사람이 하오였어?"

"아니야. 손님이 주었다고 했어."

"정말?"

"정말. 나도 너와 함께 어디든 가고 싶었어. 하지만 네가 할머니를 돌보는 중이라 어려울 것이라고 단념했어. 오늘 밤 너와 함께 있어서 행복하다."

"밤 열 시가 되면 항상 폭죽이 터졌는데 요즘은 열두 시가 되어서야 폭죽이 터지던데…… 왜 그러지?"

"연말연시를 맞아서 12월 중순부터 1월 중순까지 한 달간은 계속 자정에 폭죽을 터뜨려. 쇼가 끝나는 절정의 시간에 폭죽을 터뜨리니까."

왕하오가 목화를 돌아보며 다시금 미소를 지었다.

골프장 부근을 달리다 시골길을 따라 얼마간 달려가자 눈앞에 임시 건물 세 동이 바라보였다. 그가 임시 건물에서 공연을 한다고 알려주었다.

목화는 사띠와 왕하오를 따라 안으로 들어갔다. 어두컴컴한 실내에는 밝은 중앙무대를 중심으로 손님들이 꽉 차 있었다. 연말이라 그런지, 원래 손님들이 많은 것인지, 남은 좌석이 없어 보였다. 백인들도 몇 명 끼어 있었지만 대부분 중국인 관광객들로 보였다. 음악과 함께 무대가 열렸다. 화려한 원색 의상을 입은 여자들이 짙은 화장에 긴 속눈썹을 달고 외발자전거를 타며 나타났다. 그녀들은 외발자전거에서 일어섰다 앉았다 마음껏 재주를 뽐내다가 갑자기 몸을 옆으로 쓰러뜨린 채 위태롭게 자전거를 타며 스스로 놀라거나 우스꽝스러운 표정을 지어 보였다. 그때마다 관광객들은 웃음을 터뜨렸다. 순간순간 자전거 손잡이를 놓기도 하여 손님들의 마음을 조마조마하게 한다. 이어서 전통춤이라는 '촛불 춤'이 시작되었다. 조그만 쟁반에 받쳐 든 촛불을 양손에 들고 춤을 추었다. 이어지는 코끼리들의 묘기, 외줄을 타는 소녀들의 묘기는 긴장감과 전율을 느끼게 했지만 이미 TV를 통해 보았던 내용이라 큰 감동을 주지는 못했다. 서커스와 쇼를 합성한 듯한 내용이었다. 어딘지 서툴고 촌스럽단 생각이 들었다. 1부 순서가 끝나고 2부 순서가 시작되었다. 인디언 복장에 깃털 모자를 쓴 남녀 인디언들이 나와 악기를 연주하기 시작했다. 낯설면서도 서글픈 가락이 관중들의 마음을 훑고 지나갔다. 이어서 빠르고 경쾌한 곡이 연주되었다. 여자 인디언들이 객석으로 나와 관광객들에게 춤을 유도한다. 관광객들과 인디언들의 한판 춤이 시작되었다. 목화와 왕하오도 여자 인디언을 따라 자리에서 일어났다. 목화가 사띠의 손을 잡아 끌며 함께 추자, 라고 말했다. 사띠는 자리에서 엉덩이를 떼지 않으며 손을 저었다.

"나와, 몸을 해방하는 시간이야."

왕하오가 사띠에게 말했다. 사띠는 부끄러워하며 한사코 목화를 밀어냈다. 빠르고 경쾌한 타악기 소리가 저절로 몸을 흔들게 한다. 목화는 음악에 몸을 맡겼다. 한국에서였다면 몸치라고 사양하기도 했을 테지만 타악기 소리가 그녀를 가만히 내버려 두지 않았다. 몸을 해방하는 시간이라고 말하던 왕하오도 춤에는 서툴기 짝이 없다. 웃음이 나오는 것을 간신히 참으며 목화는 음악에 몸을 맡긴다. 눈을 감으면 타악기와 인디언의 알 수 없는 후렴이 귓가를 맴돌았다. 그 소리는 반복해서 들려왔는데 해방감마저 느끼게 했다. 몸을 해방한다는 것이 이런 것일까, 관광객들도 모두 자리에서 일어나 몸을 흔들고 있었다. 앞뒤에서 낯선 누군가의 팔과 다리가 그녀를 스쳐갔다. 목화는 태어나서 처음으로 춤을 즐기고 있는 자신을 느꼈다. 흐린 불빛 때문에 용기가 났을까, 아니면 낯선 곳이라 자유스러워서 마음껏 에너지를 발산하고 있을까? 왕하오가 바로 앞에서 춤을 추었는데 팔만 휘젓는 모습이 귀엽기도 하고 좀 우스꽝스럽다. 이제 보니 그의 옷차림이 항상 커 보여서 이상했는데 놀랍게도 넉넉한 옷이 춤을 추는 그의 관절을 모조리 흡수한다. 리듬을 타는 모습이 세련되거나 과장되어 보이거나 절제된 느낌이 있는 것도 아니다. 그도 그녀처럼 음악에 따라 흔들리고 있었다. 그 모습이 마임배우 같다. 목화는 웃음을 터뜨렸다. 그가 하얀 이를 드러내며 따라 웃는다. 그 눈웃음에 짜릿한 쾌감이 전신을 타고 흐른다. 왕하오가 그녀에게 가까이 다가왔고 그녀는 왕하오에게서 살짝 멀어졌다. 그가 다시금 닿을 듯 다가왔다. 그의 뜨거운 눈길에 피어난 불꽃이 전신에 불을 지른다. 기분 좋은 떨림이 머리에서 발바닥까지 전달된다. 불현듯 사띠가 생각나 돌아보니 그녀가 보이지 않는다. 이곳저곳을 둘러보지만 객석은 비어있다. 목화는 어둠 속에서 왕하오의 눈동자가 환하게 빛나는 것을 본다. 그가 그녀를 계속 인파 속으로 이끌었다. 춤을 추는 사람들의 몸이 서로 부딪혔다. 잠시 숨을 고르던 목화는 다시 리듬에 맞추어 춤을 추기 시작했다.

갑자기 실내 등이 꺼지며 퉁탕! 퉁탕! 귀를 찢을듯한 굉음이 머리 위에서 폭발하듯 들려왔다. 깜짝 놀라 하늘을 쳐다보니 천정이 양쪽으로 갈라지며 어두운 하늘에서 별꽃이 우수수 떨어진다. 펑! 펑! 폭발음이 터질 때마다 별꽃 무리가 수줍게 떨리면서 어둠 속으로 떨어진다.

목화는 폭죽을 바라보며 감탄사를 뱉다가 깜짝 놀랐다. 그녀가 왕하오의 가슴에 안겨 있다. 목화는 놀라 주위를 둘러보았다. 그들은 암흑과 같은 어둠 속에 하나가 되어있었다. 타악기의 연주는 사라지고 폭죽 소리와 관광객들의 감탄사가 어둠 속에서 하모니가 되어 울려 퍼졌다. 퉁탕! 퉁탕 탕! 굉음이 고막을 찢을 듯이 들려올 때마다 폭죽이 터진다. 화려한 불꽃이 피어나는 모습을 쳐다보고 있을 때 갑자기 왕하오가 그녀의 입술을 덮쳤다. 폭죽이 터지면서 그들의 얼굴이 환하게 드러났다. 목화는 순간적으로 그를 떼어놓으려고 했고, 그는 강렬한 힘으로 그녀를 안고 놓지 않았다.

퉁탕 탕! 폭죽 소리가 아득하게 들려왔다. 밀착된 몸이 뭉쳐서 하나가 된 것 같았다.

북소리와 함께 실내에 불이 들어왔을 때에야 그들은 둘로 분리되었다.

*

목화는 방으로 들어서며 얼얼해진 입술을 손으로 문질렀다. 침대에 누웠으나 잠이 오지 않았다.

돌아오는 차 안에서 그도 목화도 침묵했다. 그녀의 숙소 앞에 이르렀을 때 그는 차를 멈추려고 속도를 낮추더니 이내 부릉 속도를 내며 전진했다. 그는 숙소 주위를 천천히 한 바퀴, 두 바퀴째 돌고 있다.

다시 숙소 앞에 이르렀을 때 차를 멈춘 왕하오가 잡고 있던 손에 힘을 주며 낮은 음성으로 말했다.

"모카! 생애 최고의 밤이었어. 널 첨 봤을 때부터 내

사랑은 시작되었어."

그는 그 말을 하기 위해 숙소를 몇 번씩 돌았나 보다.

생각해보니 왕하오에 대해선 직업 외에 아는 것이 하나도 없었다. 그동안 왕하오에 대해 궁금한 것이 많았지만 사띠에게 물어보기가 민망했다. 그렇다고 주위에 물어볼 만한 사람도 없었다. 로비에서 일하는 직원들이 있었지만 평소 그들과는 업무상 필요한 얘기 외에 다른 얘기를 주고받지 않았다. 한 사장에게 물어봐야 수상한 눈길로 그녀를 바라보리라 생각되어 잊고 지냈다.

왕하오의 나이, 국적, 가족관계 등 궁금한 것이 많았다. 그리고 보니 왕하오도 그녀에 대해 아는 것이 없을 것이란 생각이 들었다. 왕하오는 우량아로 보여서 그런지 서른은 넘어 보였다.

그에 관해 궁금증을 풀어줄 수 있는 사람은 심부름하는 알리였지만, 그에게 물어보면 곧바로 왕하오에게 말이 들어갈 게 뻔했다. 또 홀에서 일하는 남자 직원들이 있었지만 그들과는 대화를 나누기보다 묵례 정도가 전부였다.

다음 날 아침, 목화는 식사하면서 눈으로 사띠를 찾았다. 간밤에 폭죽이 끝나고 자리로 돌아왔을 때도 사띠는 보이지 않았다. 그녀가 앉아 있었던 자리와 주위를 둘러보았지만 그녀는 끝내 보이지 않았다. 그들은 당황했다. 함께 춤추자고 권했지만 사띠는 얼굴을 붉히며 사양했다. 목화도 춤을 추느라 잊고 있었다. 어린 사띠에게 미안하기도 하고, 비록 어둠 속이긴 했지만 간밤의 일을 사띠가 보았을지도 모른단 생각이 들었다. 혹 소문을 퍼뜨리지는 않을까 걱정이 되기도 했다. 목화는 간밤의 일이 은근히 걱정이 되어 사띠에게 줄곧 시선을 퍼부었다. 식사가 끝날 무렵 사띠가 목화의 마음을 아는지 모르는지 다가와 평소와 다름없이

"살라맛 빠기!(아침 인사)."

라고 인사하며 목화를 바라봤다. 순간 목화는 얼굴에 열감을 느꼈다. 그들이 키스하는 모습을 보았을 것으로 생각하니 몸 둘 바를 몰랐다.

"어떻게 된 거니? 아무리 찾아봐도 없어서 걱정했어."

"드라마에서 봤던 것처럼 네가 춤추는 모습이 아름다웠어. 자정을 넘어 집으로 돌아가려면 무서울 것 같아서 아빠에게 전화했어. 아빠가 와서 함께 집으로 갔어."

"폭죽은 봤니? 넘 아름다웠는데."

"응. 집으로 가는 길에 폭죽이 터져서 오토바이를 멈추고 폭죽을 봤어. 황홀했어."

목화는 비로소 안심되었다. 사띠는 뭔가 말을 꺼낼 듯하다가 입을 다물고 다른 자리로 옮겨갔다.

다른 날 같으면 커피와 케이크 한 조각을 앞에 놓고 혼자만의 커피 타임을 즐길 시간이었지만 목화는 자리에서 일어났다. 할머니에게 가져갈 음식을 플라스틱 찬합에 넣고 원형 찬합에는 여러 가지 과일을 넣고 가져가기 좋게 마무리한 뒤 주방 쪽을 향해 고개를 돌렸다. 왕하오가 그녀 앞에 나타나면 모른 체할 생각이었는데 다행히 보이지 않았다. 순간 궁금증이 일었다. 그는 아주 가끔 후식이 놓여있는 곳에서 자신이 만든 후식을 흡족한 얼굴로 내려다보거나 아무렇게 흘려놓은 케이크와 과자를 정리하기도 했다. 오늘은 웬일인지 왕하오가 보이지 않는다. 목화는 레스토랑을 나오며 갑자기 기운이 빠졌다. 왕하오는 폭죽이 끝날 때까지 그녀를 놓아주지 않았다. 그녀 또한 왕하오에게서 떨어지고 싶지 않았다.

야외 카페를 지나 수영장을 지나 101동 콘도로 오는 동안 왕하오가 어디선가 그녀를 바라보고 있을 것만 같았다. 목화는 불현듯 그리움을 느꼈다. 뒤통수에 그의 눈길이 닿아 있는 것 같아 자꾸 뒤를 돌아보고 싶었지만 앞을 향해 종종걸음을 걸었다.

별다른 일없이 이틀이 지났다. 사무실에서 한 사장과 업무에 관한 의논을 마치고 콘도로 돌아와 변비로 고생하는 할머니의 관장을 돕고 있을 때였다. 핸드폰 벨이 울렸다. 일을 끝내고 핸드폰을 열어보니 왕하오의 전화였다. 목화는 반가움과 서운함에 눈가가 젖어오는 것을 느끼며 핸드폰을 닫았다. 잠시 후 다시 핸드폰 벨 소리가 울리기 시작했다.

"전화 왔잖아. 어서 받아봐."

계속되는 벨 소리에 할머니가 짜증스러운지 말했다.

"이따 차분히 받을게요."

그를 보지 못했던 이틀 동안 목화는 궁금하기도 하고 화가 나기도 하고, 기다림 속에서 불면의 시간을 보냈다. 이제야 전화를 하다니, 궁금했지만 서운한 마음이 일어 핸드폰을 닫았다.

－무슨 일이야? 널 얘기해－

목화는 문자메시지를 보낸 뒤 침대 속으로 들어갔다. 카톡 소리가 어서 받으라고 비명을 지르는 것 같다.

－문밖에 와 있어. 기다릴게－

－피곤해 돌아가－

문자를 보내고 목화는 생각에 잠겼다.

－문밖에서 기다린다－

지치도록 기다리게 할까? 생각하다가 그녀는 자신도 모르게 자리에서 일어나 옷을 갈아입고 있었다.

현관문을 열고 밖으로 나가자 복도 끝에 왕하오의 모습이 보였다. 복도에는 비상등만 켜져 있어 희미했다. 반가움에 걸음이 빨라졌다. 뭐라 하지? 왕하오가 말없이 복도 끝에 있는 비상구 쪽으로 그녀를 데려갔다. 그들은 계단을 내려가 층계참에서 걸음을 멈췄다.

"어젯밤에 여기 왔었어."

"왜?"

"보고 싶어서. 네가 나오면 보고 가려고."

그가 목화의 손을 덥석 잡았다. 그의 음성은 너무나도 조심스러웠고 손은 바들바들 떨고 있었다. 나도 보고 싶었어, 라고 솔직하게 말하고 싶었다. 그러나 낯선 나라에서 낯선 사람과의 만남이라 한편으로는 조심스럽고 두려웠다.

"요즘은 네가 보고 싶어서 잠을 이룰 수가 없어."

왕하오가 살며시 다가와 그녀의 어깨를 감싸 안았다.

"라 일라……하……일……"

그가 그녀의 머리 위에서 조용하고 차분한 음성으로 혼잣말을 했다. 그는 폭죽 속에서도 이런 비슷한 말을 몇 번이고 중얼거렸던 것 같다.

만약 환희에도 단계가 있다면, 그 단계가 열 개쯤 된다면 몇 개의 단계에 이른 것일까? 일곱이나 여덟쯤에 이른 것은 아닐까? 번개처럼 흐르는 열기를 느끼며 목화는 끝내 침묵했다.

일 년 중 가장 성수기라는 겨울 시즌이었지만 목화는 할머니의 병간호로 사무실 근무를 예전의 절반도 하지 못했다. 손님들과 잦은 접촉이 없다 보니 편한 것도 있었지만 답답할 때도 많았다. 병간호 같은 일은 되풀이하지 않으리라고 마음먹었다.

목화는 할머니의 식사를 가지러 레스토랑으로 왔다가 잠시 사무실에 들렀다. 컴퓨터를 열고 예약 접수 사항을 점검하고 있었다. 책상 위의 전화기에서 벨 소리가 찔찔거린다. 그녀의 여보세요 소리에,

"아! 이 대리 맞습니까?"

자밀의 반가운 음성이 흘러나왔다.

"네, 오랜만이에요."

자밀은 대뜸 골프 연습은 하고 있는지, 그동안 실력은 얼마나 늘었는지, 궁금해했다. 그는 말끝에 언제쯤 라운드를 할 수 있는지 물었다. 한국 손님들이 들어오면서 두 달 남짓 라운드는 고사하고 골프 연습도 못 한다는 목화의 얘기에 자밀은 사뭇 안타까운 모양이었다. 성수기

라 골프를 할 시간도 없지만 당분간은 사무실 근무도 어렵단 말을 했던 적이 있었다.

사장의 얘기에 의하면 자밀은 친구들과 함께 꾸준히 운동을 다녀가는 모양이었다.

"라운드는 성수기가 끝난 뒤에나 가능할 것 같아요."

그녀의 얘기에 자밀은 아쉬운지 잠시 망설이다 전화를 끊었다.

이곳 골프장 손님은 항상 있지만 11월이 되면 본격적으로 한국 손님들이 들어오기 시작하여 12월 성수기부터는 한국인들로 북적거렸다. 최고 성수기인 1월이 되면 삼백 명이 넘는 한국 손님들이 한꺼번에 들어왔다. 이때면 이십일 층이나 되는 다섯 개의 호텔, 콘도와 빌라 등이 만원이었다. 그 중에는 현지인, 인도인, 중국인들이 들어와 1박 2일이나 2박 3일 정도 휴가를 보낸 뒤 돌아갔다. 이들은 골프보다는 수영이나 사파리를 즐겼다. 목화는 한국 손님들만 담당하기 때문에 그들과는 접촉하지 않아도 되었고 업무에도 관여하지 않았다. 단지 레스토랑을 이용하는 시간이 같아서 외국인들과도 만나는 기회가 많았다.

골프장에서 일하는 청소부나 캐디, 종업원들은 태국, 인도네시아, 미얀마, 파키스탄 등 동남아에서 온 이웃 나라 사람들이 많았다. 이십 대 전후로 보이는 어린 청년들이 턱이나 턱 끝에 동전 크기 정도의 옥수수 모양의 수염을 길렀다. 목화는 수염을 기르는 것이 이 나라 젊은 이들 사이에 유행하는 모양이라고 생각했다. 이런 모습은 이 나라 곳곳에서 볼 수 있는 모습이었다.

골프 손님들의 이동을 돕는 자이롤은 식사 때가 되면 몇 번이고 바기 스테이션에서 손님을 태우고 와서 클럽하우스 앞에 쏟아놓고 돌아갔다. 그는 그 외에도 입국과 출국 시 손님들을 공항까지 이동시켜주는 일을 맡고 있었다. 그는 언제나 무성한 콧수염을 단정하게 다듬었다. 목화는 그를 처음 봤을 때 사오십 대 아저씨로 알았다. 나중에 알고 보니 삼십 대 중반이었다. 한번은 서너 살 정도의 두 아이와 아내를 데리고 외출하는 모습을 보았다. 그는 클럽하우스 앞에서 가족들을 데리고 무료 셔틀버스를 기다리고 있었다. 아내는 검은 원피스와 검은 히잡을 쓰고 눈만 내놓았는데 그녀의 까만 눈동자는 유난히 반짝거렸다. 비록 얼굴은 천으로 가렸지만 콧날은 오뚝하고 반듯해 보였다. 또 그녀의 가냘픈 몸매와 적당한 키로 보아 아름다운 외모를 상상하게 했다. 아내가 아름다워서 얼굴을 모조리 가리도록 한 것은 아닐까? 하는 생각이 문득 들었다.

"자이롤은 수염이나 좀 자르고 다니지, 할아버지가 며느리와 손자를 데리고 다니는 것 같아요."

목화의 말에 한 사장이 허허허 소리 내어 웃고 나서 뜻밖의 얘기를 들려줬다.

이 나라에서는 소년이 되면 수염을 길러야 성인 대접을 받을 뿐만 아니라 예절 바른 사람으로 대접받는다고 했다. 청년과 중년의 수염은 위엄을 나타내며, 여성을 유혹하는 상징이고, 노인의 수염은 인생의 어른임을 나타내며, 존경받는 대상이라고 했다. 수염을 깎는 것은 이슬람 전통에 위배되는 행위이기 때문에 종교적 신념에서 수염을 기르는 것이라고 일러주었다.

*

"모카! 십 분, 아니 이삼십 분만 드라이브 괜찮지?"

왕하오가 현관 앞을 지나는 목화 앞을 막아서며 말한다.

할머니 병간호 때문에 단둘이 만날 시간이 거의 없었다. 식사 시간에 식당에서 마주칠 때면 왕하오는 반가운 표정을 감추지 못했다. 도시락을 들고 식당을 나설 때면 그는 안타까운 얼굴로 그녀를 지켜보았다.

"십 분만, 곧 한국에서 손님들이 도착할 시간이야."

승용차는 금세 레저타운을 벗어나 아웃렛에 도착했다. 아웃렛은 골프장과 조금 떨어져 있지만, 레저타운 안에 속했고 같은 그룹이었다. 골프장에서 아웃렛까지 가는 셔틀버스가 한 시간 간격으로 운행되고 있었다. 아웃렛 매장은 옷가게, 신발, 핸드백, 식당, 카페, 놀이방, 풍차마을 등 작은 도시를 연상하게 했다. 그가 아웃렛 주차장에 차를 세운 다음 뒷자석에 놓여있는 플라스틱 상자와 보온통을 꺼내 목화에게 내밀었다. 언제나 디저트를 담아오던 그 상자였다.

상자 안에는 티라미수 위에 망고스틴으로 보이는 흰색 알맹이를 수놓듯 한알 한알 박아 넣은 하트 모양의 케이크가 들어있다. 진한 갈색에 흰색의 조화가 단순하면서도 아름답다. 망고스틴의 단맛이 침을 고이게 한다.

"모카, 너를 위해 만든 거야."

"……고마워. 먹을 수가 없겠어."

목화는 왕하오가 보내는 따뜻한 시선을 마주 보지 못하고 케익에만 눈을 고정한 채 대답했다. 서른이 넘도록 이런 정성스러운 선물을 받아본 적이 없어서 목화는 매번 목이 메었다. 그녀는 왕하오를 안아주고 싶은 마음을 억누르며 그를 향해 고개를 돌렸다.

"이건 네가 좋아하는 젤리야."

그가 티라미수 옆에 있는 상자를 꺼냈다.

"와! 맛있겠다."

"할머니와 간식으로 먹어."

"고마워."

"먹고 싶은 거 있음 얘기해, 뭐든 만들어 줄게."

과육을 갈아서 만들었다는 노란색 젤리를 목화는 그
에게 한입 넣어주고 그녀도 한 입 베어 물었다. 평소에
도 목화는 젤리를 가장 좋아했다.

어린 날 여름이면 할머니가 간식(얼음물에 콩가루와
설탕을 넣고 우무를 잘게 썰어 넣음)으로 만들어 주었던
우무요리, 시원하고 달콤하고 부드러워 즐겨 먹었다. 젤
리를 보면 할머니가 그리웠다. 그래서 젤리를 유독 좋아
하는지 모른다.

"아! 맛있다! 망고 향기에 잡혔어."

목화는 고개까지 흔들며 젤리를 먹는다. 그의 얼굴이
닿을 듯 다가와 있다.

"젤리 맛이 다 다르니까 하나씩 먹어봐."

"함께 먹자."

목화는 왕하오에게 또 한 입 넣어주고 그녀는 투명한
흰색 젤리를 먹는다.

"스답! 스답! 스답 스칼리(맛있어요!)."

목화는 가까이 다가와 있는 왕하오의 한쪽 볼에 자신
도 모르게 뽀뽀하고 말았다. 순간 그의 얼굴이 붉어졌다.

"늦었어. 이제 가."

그는 아쉬운 듯 잠시 망설이더니 운전대를 잡는다.

"고마워."

그녀도 왕하오와 함께 더 있고 싶었다.

"모카! 이보다 더 맛있는 요리를 평생 만들어 줄게."

"???"

뭐야, 이건 프러포즈잖아. 결혼하자는 말? 목화는 두려움과 행복감을 동시에 느끼며 왕하오를 바라봤다. 그가 고개를 돌렸다. 뭔가 대답을 주어야 할 것 같기도 했다. 그러나 어떤 말도 소리가 되어 나오지 않았다. 목화는 그의 말을 알아듣지 못한 것처럼 젤리를 이것저것 골라잡았다.

"거기 보냉통에 주스가 있어."

목화는 보냉통의 주스를 따랐다. 토마토 고유의 향기와 맛이 상큼하다.

다음 날, 목화는 왕하오를 따라나섰다. 그가 운전하고 그녀는 옆자리에 앉았다.

"어제 주었던 티라미수는 냉장고에 넣어 두었어. 그런데 젤리의 단맛은 설탕 같지 않았어. 아주 달지도 않으면서 뭐랄까, 부드러운 달콤함이랄까? 기분 좋게 스윗했어."

"언제나 순수한 과일 맛을 그대로 살려보려고 노력하지만 만족스럽진 않아. 보통은 굴라물라까(Gula melaka)라고 팜 설탕을 써. 코코넛 나무 꽃눈에서 얻은 수액을 끓인 후, 10센티 정도 되는 대나무 통에 담아 식히면 원통형 모양의 굴라물라까가 돼. 내가 만든 디저트는 그걸 적당량 사용해서 만들어."

목화가 엄지를 들어 보였다. 그의 표정이 금세 환해졌다.

"코코넛 꽃눈으로 설탕을 만든단 건 이제껏 들어보지 못했어."

"코코넛 나무를 여기선 끌라빠(kelapa)라고 해. 재밌는 설화도 있어."

"뭔데?"

"아주 먼 옛날."

목화는 하하하 배를 잡고 웃었다.

"왜?"

"우리나라에서 할아버지 할머니들이 옛날 얘기를 들려주실 때면 아주 머언 예엣날~ 이렇게 시작하셨거든. 그런데 하오의 얘기도 시작이 똑같잖아."

왕하오는 그제야 이해했는지 고갤 끄덕이며 빙그레 웃는다.

"아주 먼 옛날 바닷가 동굴에 현자가 살았는데, 어느 날 한 젊은이가 찾아와서 남에게 도움을 주는 사람이 되고 싶습니다. 어떻게 하면 평생 남들을 위해 살 수 있을까요? 라고 물었어. 한참을 곰곰이 생각하던 노인이 젊은이에게 상자를 하나 주었지.

"집에 도착하기 전에는 상자를 절대 열어보면 안 되네. 만약 열어보면 자네에게 어떤 일이 생길지도 모른다네."

상자를 들고 동굴을 나온 젊은이는 궁금증을 이기지 못하고 상자를 열고 말았다. 젊은이는 그 자리에서 키가 큰 나무가 되었는데 그 나무가 바로 코코넛 나무라고 했다. 말레이시아에서는 코코넛 나무를 육천 가지로 사용되는 나무(pokok seribu guna)로 불린다고 했다.

"육천 가지로 쓰인다고? 너무 부풀린 거 아냐?"

"육천 가지가 안 되는지 모르겠지만 그만큼 나무의 쓰임새가 많은 건 확실해. 열매의 물은 갈증 해소, 과육은 말려서 요리에. 기름은 짜서 음식 재료로, 미용 제품, 오일플링. 수명이 다한 코코넛 나무는 상업용으로 가공, 생활용, 뿌리는 약재, 칫솔, 나뭇잎은 엮어서 지붕 재료, 빗자루……"

"쓰임새가 너무 많아 셀 수가 없네. 그러니까, 그 젊은 이의 소원은 이뤄진 거네."

그가 고개를 끄덕였다.

"한국에도 그런 비슷한 식물이 있어. 나무는 아니지만 이로움을 주는 풀이야."

"그래? 뭔데?"

"육천 가지 정도는 아니고 조금이지만 아낌없이 주는 풀이 있어."

왕하오는 그녀의 얘기에 호기심을 보였다.

"내 이름 한번 불러줄래?"

뜬금없이 이름을 불러달라는 부탁에 그가 의아스러운 눈빛으로 미소를 짓는다.

"모카!"

"모카가 아니고 목화라는 이름이 정확한 발음이야. 목, 화! 라고 정확하게 말해봐."

"목, 하."

"내 이름 목화는 꽃 이름이야, 목화 씨앗을 땅에 뿌리면 새싹이 자라 흰색의 꽃이 피거든. 흰색 꽃이 분홍색으로 변하는 아름다운 꽃이야. 꽃이 지면 열매가 자라서 또 한번 하얀색의 꽃이 피어. 그 하얀 꽃송이 속에 씨앗이 들어있어. 그 하얀 꽃을 목화솜으로 만들어. 목화솜은 이불 솜으로, 옷감으로 사용하고, 씨앗은 면실유로…… 사람들을 이롭게 해."

목화는 핸드폰을 열고 목화 꽃을 그에게 보여주었다.

"황홀하구나! 부모님이 네 예쁜 모습을 보고 목화 꽃을 생각해 냈구나. 너와 잘 어울리는 이름이야."

*

할머니의 핸드폰에서 벨이 울린다.

"아이고 회장님, 설을 쉬러 가신다고요? 암요 가셔
야지요…… 회장님, 병원비가 얼마나 든다고 지난번에
도 그렇고, 오실 때마다 선물을 놓고 가시면 어떻게 합
니까. 이러시면 안 됩니다. 우리 검사가 알면 큰일 납니
다…… 네네. 잘 다녀오세요."

할머니는 최대한 인자한 음성으로 공손하게 말했다.

"망할 것들 안 간다고 하더니만, 금세 말을 뒤집는구
면. 닷새 있다 올 거면 뭐 하러 가."

할머니는 전화를 끊자마자 심통이 나는지 말했다.

"한국에 있는 젊은 여우가 보고 싶은 게야."

"젊은 여우요?"

"그런 게 있어."

"강 회장님이 자주 병문안 오시는 걸 보면 할머니와
제일 친하신 것 같아요."

"우리 검사가 강 회장 일을 도운 지도 십 년이 넘었지

141

아마, 그러니 자주 찾아오지."

할머니는 당연하다는 듯이 말했다. 설이 가까워지자 강 회장 내외가 귀국한다고 소식을 전한 모양이었다. 할머니도 귀국하고 싶은 마음이 간절해진 모양이다. 그도 그럴 것이 함께 입국했던 일행들이 설을 쉬러 간다며 모두 귀국한 터라, 다리가 나아도 동반자들이 없으니 골프를 할 수도 없고 친구도 없으니 외로운 모양이다. 장기체류하는 손님들은 음력설이 되면 거의 모두 귀국했다. 장박 손님들이 모두 떠나면 명절 휴가를 쓸 수 있는 단박 손님들이 그 빈자리를 채웠다.

"오늘은 무슨 국을 끓였을까요? 드시고 싶으신 것 있으면 말씀하세요. 뭐든 가져다 드릴게요."

목화가 얼른 화제를 돌렸다.

"국과 밥이면 되지 뭐, 입맛이 없어서."

할머니는 말은 늘 그렇게 하지만 뭐든 잘 먹었다. 음식을 간단히 가져오면 이것저것 더 가져다 달라고 주문했다. 목화는 열 개 가량의 찬 통에 반찬과 밥, 나물 등 후식까지 담아 침실로 날랐다.

"부기가 쭉쭉 빠지는 약은 없을까?"

"지난번에 며느님이 인편에 보내온 한약이 있잖아요. 그걸 드시면 효과가 더 좋을지도 몰라요. 아드님도 그 약을 잘 드시고 계신지 물었어요. 한번 드셔보세요. 말레이시아 병원 약보단 한국 약이 더 좋을 거예요."

"그 약이 뭐 좋겠어. 진맥도 안 해봤잖아."

할머니는 한국에서 보내온 약이 싫어서가 아니라 며느리가 지어 보낸 약에 대한 불신 때문이 아닐까, 하고 생각했다.

"이제 슬슬 운동이나 시작할까요?"

목화는 세숫대야에 더운물을 담은 뒤 할머니 앞에 내려놓았다. 더운물 찜질을 한 다음 걷기 운동을 시작할 생각이었다.

목화가 할머니의 저녁 식사를 도시락에 담고 있을 때였다.

"할머닌 아직도 걷지 못하세요?"

언제 왔는지 오 여사가 환하게 웃으며 묻는다.

"생각보다 더디시네요."

"하하하, 연세가 많으시니 그러시겠죠."

오 여사는 당연하다는 듯이 말하며 자리를 떠났다. 그녀는 오십 대 후반이었지만 얼굴에 살이 쪄서 탱탱해 보였다. 목화는 서둘러 식사를 마친 뒤 할머니의 식사를 가지고 콘도로 향했다.

오 여사가 안부를 전하더라고 말하자 할머니의 표정이 뜨악해졌다.

"오 여사 부부가 아직도 여기 있다고?"

"네. 할머니 안부를 물으셨어요."

"난 진즉 귀국한 줄 알았는데."

할머니는 설렁탕을 아주 맛있게 먹었다.

"그 여자 아주 못 됐어. 이젠 그 여자 만나면 아는 체도 안 할 거야."

"왜요?"

"그 여자를 첨 봤을 때 하하하, 하하하, 웃음이 좀 헤프다 생각했지. 다른 사람의 기분 같은 건 생각지 않고 그냥 자기만 좋으면 그만인 거야. 남자들이 있으면 헤헤

거리는 행동거지 하며 이 머리가……"

할머니는 고개를 흔들더니 손을 들어 자신의 머리를 손가락으로 두세 번 두들겼다. 정상 이하라는 말일까? 오 여사의 행동이 심히 못마땅한 모양이다.

"이곳으로 오는 비행기에서 오 여사가 그러는데 남편과 여기 오려고 자기 시아버지를 요양병원에 입원시켰다고 하더라고. 말이 입원이지 생사람을 요양병원에 집어넣은 거잖아. 출발하기 사흘 전에 시아버지를 억지로 입원시켰더니 남편에게 집에 오겠다고 매일 전화를 했다는 거야. 집에 데려가 달라고. 그 바람에 여차하면 못 올 뻔 했다고 얘기하더라고. 그이 재산으로 골프를 치는 것들이 여기 와서 골프를 하겠다고 시아버지를 억지로 요양병원으로 몰아넣었으니 말 다 했지 뭐. 오 여사 남편은 여기 온 다음 날, 골프를 하면서 그러더라고. 돌아가신 조상님들을 꿈에 봤다고, 마음이 편치 않은 모양이었어. 골프를 할 때도 수시로 전화가 왔는데 네, 네, 아버지, 하고 대답하는 걸 봤거든. 그리고 보니 벌써 석 달이 지났네. 난 설 쉬러 간 줄 알았지. 쯧쯧쯧."

*

　로비에서 입국한 손님을 맞느라 분주한 시간이었다.
목화는 손님들에게 숙소 카드키와 안내서를 나누어 주
었다. 공항에서 손님들을 픽업해온 운전기사 자이롤에
게 손님들의 짐을 콘도로 보내달라고 부탁하고 돌아섰
다. 그때 로비에 앉아 있는 사람과 시선이 마주쳤다. 자
밀이었다. 그의 눈빛이 반가움으로 반짝 빛났다. 골프
성수기가 시작되면서 자밀과는 만나기조차 어려웠다.

　사무실에 왔다가 우연히 자밀의 전화를 몇 번 받은 적
이 있었다. 통화가 되었을 때 자밀은 골프를 함께 할 수
있는지 물었고, 그녀는 시간이 없다는 말만 되풀이했던
것 같았다. 뜻밖의 자밀의 출현에 목화도 반가웠다. 그
는 좀 야윈듯해 보였다.

　"자밀, 이 시간에 웬일이세요?"

　"온 김에 이 대리나 보고 갈까 해서."

　그는 수줍게 미소를 지으며 말했지만 웬일인지 외로

움이 뚝뚝 떨어지는 듯한 눈길이었다. 사무실 안 전화
벨 소리에 목화는 사무실로 달려가 전화를 받았다. 숙소
로 들어간 손님이 냉장고가 고장이라며 빨리 고쳐달라
고 말했다. 전화를 끊고 나자 다시 벨 소리가 울렸다. 이
번에는 더운물이 나오지 않아 샤워할 수 없다고 말한다.
호실을 기록하고 로비로 달려가서 기술자를 호출하고
돌아오자, 이번에는 방에서 담배 냄새가 심하게 난다며
방을 바꿔 달란다.

"방이 있을지 모르겠어요. 호텔 측에 알아보고 연락드
리겠습니다. 잠시만요."

뛰어다니는 목화를 지켜보던 자밀이 클럽하우스를 떠
났다. 돌아서는 자밀의 뒷모습이 왜 그렇게 외롭게 보이
는지, 목화는 그를 따라가 안아주고 싶단 생각이 들 정도
였다.

강 회장

할머니의 다리는 부기가 조금씩 빠지면서 힘을 얻는 것 같았다. 그러나 다리가 낫는다 해도 강 회장 부부까지 떠나버리면 동반자가 없었다. 할머니는 의기소침했다. 다리를 다치기 전까지는 매일 18홀씩 돌았다고 자랑했다. 해마다 할머니는 이곳에 오래 머물다 보니 다른 지역 한국인들과도 교류가 많았다. 타인을 의심하고 요것 저것 따져가며 흉보길 좋아하고, 불평을 늘어놓는 모습을 볼 때면 며느리를 힘들게 했겠구나 생각되었다. 그런 할머니가 다른 사람들과 어울릴 땐 뜻밖에도 사교성이 많아서 곧잘 어울리는 편이었다.

이제는 그녀가 할머니의 골프 동반자가 되어주어야 할 형편이었다. 사장도 선뜻 그렇게 하기를 바랐다. 그녀도 사장처럼 철저하게 며느리의 하수인이 되는 것 같아 기분이 나빴지만 어찌 보면 양쪽 다 나쁜 패는 아닐지도 모른다. 그녀 역시도.

할머니는 아침 식사 후 잠이 든 것 같다. 목화는 핸드폰 벨 소리에 할머니가 깰까 봐 얼른 발코니로 나가 전화를 받았다. 사장의 다급한 음성이 들렸다. 무슨 일 있어요? 목화의 질문에는 아랑곳없이 빨리 사무실로 와요, 달려. 강 회장 비행기 표는 전달했던 거야? 한꺼번에 질문이 쏟아졌다. 목화는 달리면서 강 회장 부부의 비행기 표를 핸드폰으로 찍어서 보냈다고 말했다.

"사무실에 내가 없으면 떠나지 말고 지키세요."

사장은 명령조로 말했다. 그의 음성으로 보아 뭔가 다급한 일이 생긴 모양이다.

클럽하우스 앞에는 경찰차가 두 대 서 있고 그 옆으로 구급차가 바라보였다. 주위에는 서너 명의 경찰들이 마주 서서 얘기를 주고받는 모습도 보인다. 간호사와 의사

로 보이는 몇 사람의 현지인들이 가방을 들고 클럽하우
스 계단을 내려오더니 승용차와 구급차에 나누어 올랐
다. 구급차는 곧바로 출발했다. 사장은 핏기없는 얼굴로
경찰과 얘기 중이었다. 목화는 직감적으로 불길한 예감
을 느꼈다. 사장이 경찰과 함께 떠나며 이 대리 사무실
지켜, 라고 소리쳤다. 사무실로 다가가니 레스토랑에서
홀 서비스를 하는 종업원들이 일제히 몰려왔다. 목화가
무슨 일인지 묻기도 전에 먼저 물었다.

"죽었니? 죽은 것 같다는데?"

"누가 죽어요?"

그때 사장으로부터 전화가 왔다.

"강 회장은 죽은 것 같고 사모님은 아직 살아있어. 살
인사건이 난 걸 알면 손님들이 동요될 수 있어. 그러니
까 누가 물어보면 모른다고 하고, 부사장에게는 소문나
지 않게 직원들 입단속 시키라고 하세요. ……혹시 기자
가 오거나 한국 특파원이 오더라도 입을 열어선 안 돼.
혹 나를 찾는 사람이 있을 땐 전화를 연결해줘. 난 조사
만 받으면 올거야."

전후 사정없이 쏟아지는 말. 목화는 어리둥절했다. 강 회장이 죽다니. 사흘 전 항공권 관계로 강 회장과 통화를 했는데……

목화는 사무실 앞에서 부사장을 만났다. 그는 놀란 얼굴로 비지땀을 흘리며 사정을 소상하게 알려주었다. 청소부의 연락을 받고 사장과 함께 강 회장 방으로 가보니, 강 회장은 거실 소파에서 피를 흘리며 누워있었다고 했다. 강 회장 부인은 안방에 있었는데 입에는 테이프가 붙어 있었고 몸은 결박되어 있었다고 했다. 다행히 사모님은 살아있으니 걱정하지 않아도 된다고 말했다. 사장은 손님들이 이 사실을 알게 되면 다른 골프장으로 옮기려고 할지도 모른다고 두려워했다.

목화는 강 회장 방으로 갔다. 강 회장이 사용했던 방은 물론 방으로 가는 복도까지 폴리스 라인이 쳐져 있었다. 다행히 복도 끝 방이라 다른 이들의 보행에는 지장이 없었다. 나이 드신 분들은 수면에 방해가 된다며 가능한 엘리베이터에서 먼 곳이나 복도의 맨 끝 방을 선호했다. 목화는 폴리스 라인 앞에 한글로 큼직하게 −내부

수리 중— 이라고 적은 종이를 붙였다. 그 시간 부사장은 현지 직원들에게 입단속을 시켰다.

서너 시간 뒤, 골프장에는 경비원이 늘어났음은 물론이고 외부인의 출입이 금지되었다. 직원들은 일사불란하게 강 회장의 흔적 지우기에 나섰다. 부사장은 목화에게 사건을 묻는 손님이 있을 땐 아픈 사람이 있었던 모양이라고, 그래서 구급차가 온 것 같다고만 얘기하라는 엄명을 내렸다. 그녀가 한국인이기 때문에 손님들과 대화를 가장 많이 하는 편이라 염려가 되는 모양이었다. 다행히 그 시간 한국인들은 골프 중이라 사건을 아는 사람이 없었다.

오후에는 경찰이 다시 와서 CCTV를 모조리 점검했단 얘기를 부사장을 통해 들었다.

그날 자정이 가까웠을 때에야 귀가한 사장은 부사장과 오랫동안 의견을 교환하는 모양이었다. 다음 날, 사장은 다시 쿠알라룸푸르로 떠나고 부사장은 주방장에게 특식으로 한국 요리를 서너 가지 더 추가할 것을 요청했다. 음식은 푸짐하고 더 맛있게 만들어야 한다고 몇 번씩 당부를 아끼지 않았다. 그런 뒤 강 회장이 묵었던 16층에 묵고 있던 손님들에게는 수도공사를 핑계로 맨 앞 동 전망 좋은 방으로 옮겨주었다. 그날 목화에게 떨어진 특명은 손님들이 어떤 반응을 보이는지, 동요는 없는지, 분위기 파악을 하라는 지시였다. 만약 분위기가 나빠지거나 다른 골프장으로 옮겨가겠다는 손님이 나타날지도 모르는 일이니 세심하게 서비스를 하라고 지시했다. 또 목화의 모국어가 소통에 중요한 역할을 한다며 사안이 엄중하다는 것을 몇 번이고 되풀이했다.

목화는 강 회장을 죽인 범인이 누군지, 왜 죽였는지 궁금했지만 알 수가 없었다.

다음 날, 한국의 위성 뉴스는 어김없이 이 사건을 다루고 있었다. 그도 그럴 것이 중견 기업 회장의 피살사건이다 보니 보도가 신속하고 내용도 자세했다. 다행히 이곳 골프장이란 말은 없고 이니셜만 나왔다. 골프장에서는 위성 뉴스를 내보낼 시간에 영화를 상영했다. 매일 하루 두 시간, 점심과 저녁 식사 시간에 한국 뉴스를 시청할 수 있었지만 오늘은 위성 수신 불량이라는 메모를 식당 앞 TV에 붙였다.

인터넷을 통해 뉴스를 접한 손님들은 말레이시아 어느 골프장에서 피살사건이 있었는지 목화에게 물었다.

"그 회장님은 57홀, 국제 규격의 호텔 골프장에서 묵지 않았을까요?"

라고 넌지시 말을 돌렸다. 눈치 빠른 한국인들은 이곳이 이니셜과 같은데? 라고 되묻는 이도 있었다.

"난 여긴 줄 알았는데? 여기라던데?"

"어제 구급차가 오고 경찰차도 봤다던데, 아니야?"

집요하게 확인하려는 사람이 있긴 했다. 그러면서 그녀의 눈치를 살피는 이들도 많았다. 설사 어떤 손님이 이 사실을 알고 있다 해도 그녀가 할 일은 모른다고 잡아떼는 일이라는 것만 확실하게 알고 있었다.

인터넷 뉴스에 의하면 강 회장은 형제간의 재산 싸움으로 재판 중에 있었다. 장남인 강 회장은 부모로부터 유산을 모두 물려받아 성업 중이었다. 동생들은 자회사를 운영 중이었지만, 만족할 수 없었던 두 동생이 재산을 나눠 받겠다며 소송 중이었다. 이 사건은 또한 강 회장

의 문란한 사생활과 자식들의 마약 투약 사건까지 이어
져 있다며, 사건은 오리무중이라고 했다. 범인이 누군지
잡혀야 알겠지만 CCTV에 찍힌 내용을 보면 두 사내가
강 회장 방에 들어갔다 한 시간 삼십 여분 만에 나왔다고
했다. 두 사내를 용의자로 보고 쫓고 있다는 뉴스였다.
사모님은 큰 상처는 아니지만 충격으로 대화조차 할 수
없는 형편이라고 했다.

로비까지 맛있는 냄새가 풍긴다. 목화는 식당으로 들
어갔다. 요리사들이 한쪽에서 즉석 갈비구이, 연어 스테
이크를 준비하느라 분주했다. 오전 골프를 마치고 식당
으로 들어온 손님들은 맛있는 냄새에 군침을 흘렸다. 손
님들은 화려하게 차려진 질 좋은 음식에 감탄하며 축배
를 들었다. 즐거운 대화가 여기저기서 쏟아진다. 레스토
랑은 마치 잔칫집 분위기다.

몇 개의 테이블에서만 강 회장 얘기가 나왔다. 강 회
장의 문란한 사생활에 대해 신랄하게 비판하기도 하고,
재산을 장남에게만 물려준 부모의 잘못도 크다고 말하
는 이들도 있었다. 그러나 그들도 이내 맛있는 음식에

화제를 잊은 듯했다.

현지 형사들이 몇 차례 현장을 다녀가고, 한국에서 왔다는 형사들까지 현장을 확인했다. 목화와 한 사장, 깐 부사장을 불러 강 회장 행적을 낱낱이 물었다. 그리곤 CCTV를 재확인하고 현장을 돌아보았다.

사무실은 한동안 낯선 사람들로 어수선한 분위기가 이어졌다. 그러나 손님들은 여느 날과 다름없이 이른 새벽이면 골프를 시작했고, 식사 때면 특식으로 나온 철판구이와 샤부샤부를 즐겼다. 밤이 되면 여전히 마사지를 받고 잠들었다.

지난 사흘 동안 뷔페식당은 잔칫집처럼 맛있는 한식이 풍성했다. 처음 보는 구절판까지 등장했다. 강 회장의 장례식이 있던 날, 아무것도 모르는 이곳 손님들은 값비싼 한식을 먹고 마시며 건배했다. 손님들은 살이 쪄서 귀국하겠다며 한마디씩 말하지 않는 사람이 없을 정도였다.

한 사람의 죽음이 어떤 이들에게는 즐거움이 될 수도

있구나, 여기에 생각이 이르자 목화는 씁쓸했다. 한국과 말레이시아, 두 곳을 동시에 볼 수 있다면 사람들은 어떤 생각을 할까?

나흘째가 되었을 때 골프장 사장은 사무실에 앉아 안도의 한숨을 내쉬었다.

"일이 터졌을 때 난 사업이 폭망하는 줄 알았어. 이번 일을 겪으면서 사람들을 즐겁게 하는 묘약은 뭐니 뭐니 해도 맛있는 음식이 최고란 걸 알았어."

한 사장은 기지개를 활짝 켜며 말했다.

"이번, 내 영업 전략은 신의 한 수였어."

사장은 자화자찬하며 의자를 한 바퀴 빙 돌렸다. 그리고선 으하하하…… 미친 듯이 웃어댔다.

목화가 강 회장 피살사건으로 분주히 오가는 길에 왕하오와 잠시 마주칠 때면 그들은 반가운 눈빛만 교환하곤 했다. 그녀가 콘도로 가기 위해 밖으로 나오자 왕하오가 기다리고 있었는지 차에서 나왔다. 목화는 그의 차에 올랐다.

"힘들었지? 하지만 잘 지나갔어."

왕하오는 그녀와 단둘이 시간을 갖게 된 일이 마냥 즐거운 모양이었다. 그가 목화의 차가운 손을 잡았다. 그녀도 그의 행복한 표정을 바라보며 행복했다.

강 회장 사건이 난지 일주일이 지났다. 목화는 강 회장 소식이 궁금해 인터넷을 뒤졌다. 더 이상의 진전된 소식은 없었다. 강 회장과 아들의 지저분한 사생활만 솜사탕처럼 불어날 뿐 사건은 어느새 공중분해 된 듯했다.

골프장도 예전처럼 모든 것이 제자리를 찾아갔다. 한 사장의 말처럼 그의 영업 전략이 신의 한 수였는지……

설날 아침 레스토랑에서는 떡국이 나왔다. 손님들은 어제와 똑같이 골프복을 입고 나와 식사를 하고 바쁘게 운동을 나간다. 밖은 아직도 어둠이 무성하다. 여름 날씨에 냉방된 식당에서 반소매 옷차림으로 먹는 떡국 맛이라 그런지 설날 기분이 안 난다. 세배라도 하고 나면 조금 나아질까? 이틀 전 엄마는,

'우리 목화 귀국해서 빨리 시집이나 갔으면 좋겠다.'

하시며 한숨을 쉬었다.

손님들이 아침 식사를 하는 동안 목화는 바기 스테이션으로 갔다. 진행이 원활한지, 캐디가 부족하지는 않은지, 알아봐야 했다. 언제나 아침에 하는 일과였지만 몸과 달리 마음만 바빠졌다. 바기 스테이션 앞에 이르자 몇 사람의 손님과 관리인이 엉겨있다. 손님들은 캐디가 없다며 불평하고, 관리인은 예약하지 않아서 캐디가 부족하다며 변명하고 있었다. 목화는 손님들에게 양해를 구하고 오후에는 캐디를 쓸 수 있다고 설득했다.

콘도로 돌아온 목화는 찜질 준비를 서둘렀다. 그동안 강 회장 살인사건으로 할머니를 충분히 돌보지 못해 미안했다.

"할머니! 찜질하고 운동하시게요."

할머니는 자리에 앉아 멀거니 목화의 행동을 예의 주시했다.

며칠 전만 해도 식사만 가져다주고 도망치듯 사무실로 종종걸음을 하는 목화를 향해 소리를 질렀다.

"이번 달엔 간병비를 절반만 받게."

할머니는 목화의 뒷모습을 향해 까칠하게 말했다. 강회장 사건으로 손님들 살피랴, 할머니 간호하랴 지쳐있던 때였다.

"할머니 제가 회사 일로 너무 바빠서 그러니까 이해해 주세요. 할머니도 이젠 조금씩 움직이실 수 있잖아요. 이번 달 간병비는 절반만 주셔도 돼요."

뜻밖의 대답에 할머니의 표정이 굳어졌다.

"아들에게 말함세. 절반이네, 줘도 받으면 안 돼."

"그럴게요."

"밖에서 팁을 많이 받는 모양이구만."

할머니는 아니꼬운 음성으로 혼잣말을 했다.

목화는 할머니의 말에도 아랑곳없이 물통에 더운물을 받으며 대답했다. 암 그래야지, 할머니는 또다시 당당한 음성으로 힘주어 말했다.

목화는 할머니를 거실 의자로 옮겨드린 뒤 족욕을 도왔다.

일주일 뒤, 목화는 할머니의 요구대로 캐디를 구한 다

음 골프에 동행했다. 오후에는 2인 플레이도 가능했기 때문에 나인 홀만 돌기로 했다.

골프를 나가기 전 할머니의 물병을 챙기려고 냉장고 문을 열었다. 냉장고 안에서 망고 하나가 굴러 바닥으로 떨어졌다. 강 회장이 가져온 망고였다. 망고는 후숙 과일이라 냉장고에 넣지 않는다고 말했지만, 할머니는 그녀의 말을 믿지 않는 건지 아니면 오래 먹겠단 생각으로 그런 것인지 매번 냉장고에 넣어두라고 지시했다.

목화는 물병을 꺼내며 오늘은 강 회장 소식을 전해야겠다고 생각했다. 어쨌거나 친하게 지냈던 사이라 소식이 너무 늦었다고 핀잔을 주지는 않을지 염려가 되었다.

전동카를 타고 할머니와 함께 라운드를 시작했다. 회복 후 처음 하는 운동인데도 할머니는 생각보다 골프를 잘 했다. 캐디가 나이스 샷을 외치자 할머니는 아프기 전보다 거리가 나질 않는다며 아쉬워했다. 그러나 어린 아이처럼 즐거워 보였다. 캐디가 매번 할머니의 공을 주워서 샷을 할 수 있도록 좋은 자리에 놓아 주었다. 목화가 캐디에게 특별 부탁을 했기 때문이었다.

목화는 거의 석 달 만에 필드에 나왔다. 할머니 덕분에 필드에 나와 마음껏 공을 휘둘렀다. 머릿속이 뻥 뚫리는 것 같다.

자밀과 라운드를 한다면 얼마나 즐거울까? 그의 깔끔한 드라이버샷은 일품이었다. 골프 연습장에서는 수줍은 듯 시선을 내리던 자밀이 라운드를 할 때면 자신감이 넘쳤다. 그는 목화의 샷이 좋다며 아낌없이 칭찬을 해주고 가끔은 손뼉도 쳐주며 응원했다. 그러나 골프를 지도할 때면 어쩌다 그의 손이 목화의 어깨나 팔을 스치기만 해도 몹시 놀랐다.

퍼팅을 할 때였다. 어쩌다 목화의 공이 시원스럽게 홀 안으로 빨려들었다. 목화는 기쁜 나머지 자신도 모르게 하이파이브를 하려고 손을 내밀었다. 순간, 자밀은 멈칫하더니 손을 내밀었다.

할머니는 나인 홀에 왔을 때 십팔 홀까지 돌겠다고 우겼다. 할머니의 얼굴이 어느새 불그스름해졌다. 걸음걸이가 부자유스러웠지만 골프에 집중하며 밝게 웃는 모습이 보기 좋다. 하지만 첫날부터 18홀은 무리였다. 할머니를 간신히 설득해 골프를 끝냈다.

　나인 홀을 무사히 끝내고 할머니와 함께 식당으로 들어갔다. 다른 때 같으면 손님들과 이른 식사를 할 수는 없었다. 그러나 오늘은 할머니의 동반자로서 다른 손님들처럼 식사를 시작했다. 목화는 지쳐있는 할머니에게 음식을 일일이 설명하고 원하는 음식을 가져다 드린 다음 할머니 앞자리에 앉았다.

　"미역국이 괜찮네."

　할머니는 미역국에 밥을 말았다.

　"강 회장이 낼 오는 날이지?"

　느닷없이 강 회장 얘기를 꺼냈다. 목화는 그동안 할머니에게 비보를 알리기가 염려되었다. 사건의 장소가 이곳이라 꼬치꼬치 묻는다면 피해가기가 어려울 것 같아 입국이 일주일 가량 늦어질거라고 말했었다. 강 회장 사건이 마무리되면 그때 소식을 전할 생각이었다. 할머니는 그동안 강 회장의 입국 날짜를 세고 있었던 모양이었다. 그녀는 잊고 있었는데 할머니는 정확하게 기억하고 있었다. 말을 하지 않으면 강 회장을 기다릴 게 분명했다.

"놀라지 마세요…… 강 회장님이요…… 돌아가셨다고 들었어요."

목화는 할머니의 표정을 살피며 말했다.

"강 회장이 죽어?"

뜻밖에도 할머니의 반응이 느슨하다.

"네."

"왜? 심장마비라던가?"

"……"

목화는 그때까지도 대답이 준비되어 있지 않았다.

"벌 받았네…… 딸년 같은 것하고 살 때부터 제 명대로 살기 어렵겠다, 생각했지."

예상치 못했던 할머니의 얘기에 목화는 뒤통수를 맞은 기분이었다. 조금 전까지 머릿속을 지나가던 수많은 생각이 뚝, 끊겼다. 왜 이제야 소식을 알려주느냐, 조문도 못 하게 되었다…… 할머니가 서운해할 줄 알았다.

아침, 망고가 거실 바닥으로 굴러떨어졌을 때 강 회장 부부 생각이 났다. 망고를 주워 담으며 기분이 좋지 않았다. 할머니는 금고 속의 지폐를 보면 무슨 생각을 할까?

후식으로 가져다준 파인애플을 할머니는 조금씩 달게 먹기 시작했다.

"오늘, 오 여사한테 연락해서 골프 약속이나 잡아주게."

애도는 못할망정 고인에 대한 최소한의 예의조차 찾아볼 수 없는 모습에 목화는 역겨움을 느꼈다.

할머니를 콘도까지 모셔다드린 뒤 목화는 사무실로 돌아왔다. 식당으로 가서 머그잔에 얼음을 가득 부었다. 그 위에 커피를 붓고 흔들었다. 그녀의 거친 행동에 컵에서 얼음이 몇 알 튕겨 나갔다. 커피를 단숨에 들이켰다. 얼음만 남았다. 그녀는 얼음을 오독오독 씹으며 창밖을 내다봤다. 유리창에 회색 도마뱀이 죽은 듯이 웅크리고 붙어 있다. 그녀는 도마뱀을 한참 동안 노려보다가 다시금 컵에 얼음을 부었다. 사무실로 돌아와 책상 앞에 앉았다.

갑자기 누군가 노크도 없이 사무실 안으로 뛰어들었다. 오 여사였다. 들어오자마자 오늘 밤 비행기 표를 알

아빠 달라고 숨찬 음성으로 말한다.

"오늘요? 오늘 출발하는 비행기 표요? 없어요. 빠르면 낼 오후 7시 비행기 표는 구할 수 있을지 모르겠어요."

"얼른 알아봐요. 대한이든 아시아나든 어디든. 가장 빨리 출발할 수 있는 거로."

오 여사가 안절부절못했다.

"무슨 일 있어요?"

"아버님이 돌아가셨어요."

"요양병원에 계신다던 그 시아버지요?"

"네. 우리가 얼른 가야 하는데, 장남이 먼저 가야 하는데 어떡하나. 어서 알아봐요. 작은아들이 먼저 도착해 있다는데 어떡하나."

"작은아들이 도착했다니 얼마나 다행이에요. 할아버지는 왜 갑자기 돌아가셨어요?"

"글쎄, 병원 창문에서 뛰어내렸다지 뭐예요. 조금만 참고 계시면 우리가 귀국할 텐데 그새를 못 참고 일을 저지르셨네요."

오 여사는 묻지도 않은 말을 늘어놓았다. 모든 잘못이

시아버지에게 있는 것처럼 말한다. 목화는 자신도 모르게 얼음이 든 컵을 머리 위로 높이 들고 사정없이 흔들었다. 얼음이 머리 위에서 사방으로 튕겨나갔다.

"이 대리! 왜 그래?"

오 여사가 놀란 듯 뒤로 물러서며 소리쳤다. 그녀의 몸매는 이곳에 도착했을 때나 지금이나 같아 보인다. 대부분의 손님은 이곳에서 한두 달 지나면 운동을 많이 해서 몸매가 조금은 슬림해졌다. 그러나 오 여사의 몸매는 여전했다.

"비행기 표는 계속 알아볼게요. 방에 들어가 계시면 연락드리겠습니다."

"부탁해요. 얼른 가야 해요."

다음 날 오 여사 부부는 출국했다.

선물

　복도에서 기다린다는 왕하오의 메시지를 받자마자 목화는 부리나케 밖으로 나갔다. 왕하오가 언제나처럼 복도 끝에 서 있었다. 비상구를 통해 불어오는 바람으로 옷이 부풀어 있다. 바람을 품고 서 있는 모습이 귀엽다. 목화가 다가가자 잠깐만 나갈까? 라고 그가 물었다. 할머니가 잠들지 않아 멀리 갈 수 없었다. 그들은 승용차를 타고 강 쪽으로 갔다. 시동을 끄자 주위는 고요 속에 묻혔고 콘도에서 흘러나온 불빛으로 어스름했다. 그들은 차 안에서 검은 강물을 내려다보았다.

　"할머닌 언제 귀국해?"

"넬."

"모처럼 반가운 소식인데?"

왕하오의 입꼬리가 올라간다. 그가 뒷좌석에서 작은 종이가방을 들어 올리더니 목화에게 내밀었다.

"이거 맘에 들었음 좋겠다."

"뭔데?"

"내가 호주에 있을 때 산 건데 언젠가 주인을 만나면 선물하려고 간직하고 있었어. 사실은 벌써 주고 싶었어."

"열어봐도 돼?"

"응."

종이 가방 속에는 조그마한 상자가 들어있다. 목화는 상자를 꺼내 조심스럽게 포장을 뜯었다. 예물 케이스로 보아 예사롭지 않단 생각이 먼저 들었다. 뚜껑을 열려다 말고 고개를 들어 그를 바라보았다. 긴장한 표정이 역력하다. 테이프를 뜯고 뚜껑을 열자 반짝! 빛이 났다. 하트 모양의 메달이 달린 목걸이였는데 메달에서 파닥파닥 빛이 살아 움직이는 것 같았다.

"맘에 들어?"

그녀는 미소 지으며 고개를 끄덕였다.

"예쁘다."

"내가 목에 걸어줄까?"

그는 긴장한 음성으로 나직이 물었다.

"응."

그가 흡족한 미소를 지었다. 목화는 자신도 모르게 머리카락을 들어 올리고 있었다. 그가 목걸이를 걸어주자 뜨거운 기운이 정수리에서 발끝까지 홍수처럼 지나갔다.

경호가 알바로 돈을 모아 사 온 커플 반지를 봤을 때, 그 반지는 평생 가는 줄 알았다. 열 달가량 가지고 있었던 커플 반지가 불현듯 떠올랐다. 짧은 기쁨 뒤에 찾아온 허전하고 아팠던 기억을 경험했던 터라 사양하고 싶은 마음도 없지 않았다.

고맙단 말이 입안에서 맴돌고 있을 때 그가 조심스럽게 그녀의 어깨를 안았다.

콘도로 돌아온 목화는 목걸이를 풀어 상자 속에 넣어 두었다.

*

목화는 천억금 할머니가 다리를 절뚝거렸지만 걸어서 귀국하게 되어 기뻤다.

"할머니, 건강관리 잘하셔서 또 오세요."

할머닌 오고 싶지 않은 표정이 역력했다. 목화는 강 회장의 죽음으로 제대로 모시지 못한 일이 마음에 걸렸지만 그녀로서는 어쩔 수가 없었다.

3월이 되자 겨울 동안 장박을 했던 손님들은 모두 떠나고 여행사를 통해 들어온 단박 손님들만 삼사 일 간격으로 오갔다.

목화는 점심시간에 레스토랑에서 잠시 왕하오와 마주쳤다. 그의 시선이 그녀의 목에 머물렀다 언뜻 실망한 표정이 스쳤다. 그녀는 평소 액세서리를 좋아하지 않았다. 왕하오가 목걸이를 선물했을 때 공휴일이나 기분 좋은 날에 한 번씩 해야지, 생각하고 있었다.

식사를 마치고 잠시 숙소에 들린 목화는 목걸이를 꺼

냈다. 밝은 대낮에 꺼내 본 목걸이는 메달 속에 든 보석이 유난히 반짝거렸다. 목걸이를 하고 거울 앞에 서니 긴 목에 쇄골이 돋보인다. 그녀는 목걸이를 할 생각이었는데 주변 사람들의 시선을 끌게 될까 봐 망설여졌다. 그러나 왕하오가 볼 수 있게 용기를 내었다. 빈 케이스를 백에 넣으려다 비닐봉지를 발견했다. 그 안에는 접힌 종이가 한 장 들어있었다. 꺼내보니 보석 감정 확인서였다. 다이아몬드, 중량은 5부, 칼라는 그린, 투명도, 컷 등등이 적혀 있다. 목화는 쥬얼리 가게에 놓여있던 모조석으로 생각했던 터라 놀라지 않을 수 없었다.

*

"이 대리, 골프 솜씨 좀 보게 되겠는걸."

한 사장이 사무실로 들어오며 말했다.

"무슨 말씀이세요?"

"일요일 오후에 자밀이 라운드 한번 하자고 해서 그러자고 했는데. 괜찮지?"

뜻밖의 제의에 목화는 순간 당황했다.

"탐핀에 다녀올 일이 있어요. 다른 동반자를 찾아보시는 게 좋을 것 같아요."

"자밀이 이 대리와 셋이서 라운드를 하자고 하던걸. 자밀이 가르쳐 줄 때 착실히 배워 두는 게 좋아."

"쇼핑할 생각이에요."

"그럼 쇼핑 먼저 다녀와요. 오후에 골프 손님도 없으니까 홀가분하게 운동하면 되겠네. 자밀이 이 대리 골프 실력을 인정하는 걸 보면 운동신경이 보통이 아닌가 봐. 스트레스 한번 시원하게 날려보자고."

일요일이면 자연스럽게 왕하오와 데이트를 즐겼다. 그 일요일 오후에 라운드라니, 한 사장은 자밀의 얘기를 거절하지 못했을 거란 생각이 들었다.

"이 대리가 몇 타 친다고 했던가?"

"아직은 타수도 없어요. 할머니와 친 골프는 연습보다 더 못했고요. 사 개월 이상을 쉬었으니 엉망일 거예요."

"자밀을 꼭 한번 이겨봐야겠는데."

한 사장은 자밀과 라운드할 기대에 부풀어 있었다.

목화는 예기치 않게 라운드를 하게 되었다.

일요일 오후 한 사장, 자밀, 셋이서 라운드를 시작했다. 사장의 배려로 캐디도 세 명이나 따랐다.

자밀은 목화와 만나자마자 반가움으로 입이 다물어지지 않았다. 목화가 보기에 그의 감정이 훤히 드러나 보여서 한 사장의 눈치를 보아야 할 정도였다. 전동카는 두 대로 출발했다. 한 사장과 자밀이 함께 타고 목화는 혼자 전동카를 탔다. 그녀의 캐디는 에펜디가 따라붙었다. 자밀에게 골프를 배울 때는 캐디 없이 라운드를 했다. 오늘 한 사장은 자밀을 우대하는 차원에서 캐디를 붙였다. 한 사장은 공무원이 골프를 오면 으레 일 인당 한 명씩의 캐디를 붙였고, 심지어 음료수나 간식까지도 준비해 주었다. 공무원들에게는 그 모든 것이 무료였다.

라운드가 시작되자 한 사장에게서는 긴장감이 느껴졌지만 자밀은 골프보다는 그녀에게 관심을 쏟았다. 목화의 공은 이리저리 튀어서 언덕을 넘었다. 자밀은 장타자의 여유도 있었지만, 자신의 공은 버려두고 목화의 뒤를 따라 두세 걸음 떨어져 걸었다. 목화는 한 사장과 나란히 페어웨이를 걸으며 슬쩍 자밀을 바라보았다. 가끔 휘파람을 불며 걷고 있는 자밀의 모습은 어딘지 들떠 보였다. 목화는 넓은 페어웨이를 걷는 동안 시야에 들어온 나무, 숲, 강물, 태양, 맑은 공기가 사방에서 뻗어와 전신이 충전되는 느낌을 받았다.

청설모가 카트 도로를 지나 나무기둥을 타고 오르는가 싶더니 눈 깜박할 사이에 나뭇가지를 타고 돌아다닌다. 그 모습을 보고 있노라니 정글 속에 있는 듯 유쾌해진다.

나무랄 데 없는 최상의 플레이였다. 이런 곳에서 근무하지 않았다면 골프를 구경이나 할 수 있었을까. 문득 그런 생각이 떠오르자 다소 위로가 되었다. 숲속 사이로 강물이 흐르고 분수가 쏟아지는 풍경을 바라보면서도 가끔은 가슴이 시렸다. 오늘 뜻밖에 빵빵 샷을 날리다 보니 마음이 한결 가벼워진다. 연습장에서 보았던 자밀의 예의 바른 모습이나 샷을 할 때의 근육질 몸매는 섹시하기까지 했다. 그녀의 시선이 옮겨가는 곳마다 자밀의 눈동자와 부딪쳤다. 그녀는 자밀의 시선을 피해 주위를 둘러보거나 공을 따라갔다.

이번에는 목화의 공이 해저드*에 빠졌다. 에펜디가 달려가더니 물속에서 공을 주워왔다. 그는 다른 두 개의 공까지 주워다 주었다. 손님들은 캐디들이 공을 주워다 주지 않는다고 불평을 늘어놓곤 했다. 캐디들이 공을 주워서 팔기 때문이라고 이구동성으로 말했다.

"고마워. 내 공만 받을게."

목화는 그녀의 공만 받고 다른 공은 에펜디에게 주었다.

처음 에펜디에게 골프를 배울 때 결혼했는지 묻자, 결혼해서 아이가 두 명이나 된다고 했다. 캐디의 월급으로 어떻게 네 식구가 살 수 있는지 염려가 되었다. 몇 살인지 묻자 그는 고작 스물셋이었다. 왜소한 체구에 짊어진 짐이 힘겨워 보였다. 그는 늘 솔직하고 작은 것 하나도 욕심내지 않았다. 목화는 어린 그가 존경스러웠다. 그녀는 식당에서 나올 때 토스트나 냉커피를 준비했다가 에펜디와 나누어 먹곤 했다.

---

* 해저드(Hazard) : 코스 내에 설치 된 개천이나 연못, 벙커 등의 장애물.

한 사장은 아들 또래일 것 같은 자밀에게 비굴할 정도로 굽실거렸다. 목화는 그런 한 사장이 처음에는 이해가 되지 않았다. 나중에 알고 보니 자밀은 P시의 시장 처남이었다. 자밀의 친누나가 시장의 아내라고 했다. 한 사장은 캐디에게 준비시켰던 야외용 아이스박스를 열어 보였다. 자밀을 위해 준비한 간식이었다. 아이스박스에는 코코넛 주스, 망고와 망고스틴, 두리안 등의 과일이 가득 채워져 있었다. 운동 중에 마시는 야자수는 시원하면서도 달짝지근해서 에너지를 보충하는데 충분했다.

운동이 끝나고 함께 식당으로 들어갔다. 디저트 코너를 바라보니 왕하오가 보이지 않았다. 주방 쪽으로 고개를 돌리니 왕하오와 시선이 마주쳤다. 목화는 그의 어두운 표정을 보자 갑자기 미안한 마음이 들었다.

제2부

약속

4월이 되자 여행사를 통해 한국 손님들이 두세 팀씩 드문드문 오가는 정도로 한가했다. 한국의 봄날은 라운드의 최적기라 무더운 말레이시아까지 골프를 올 손님이 없었다. 그 자리를 중국인들과 현지인들이 차지했다. 중국인 손님들은 골프장 측에서 직접 관리했기 때문에 한 사장 하고는 무관한 손님들이었다.

목화는 휴가를 맞은 기분이었다. 한 사장은 겨울 시즌(12월~3월) 동안 영업이익을 알아볼 목적으로 자료를 뽑아달라고 지시했다. 은행 대출을 받아 사업을 시작했다는 한 사장은 이자를 갚고 남은 이익이 얼마나 되는지 목화로서는 알지 못했다. 한 사장은 생각보다 많은 이익을 보았는지 입이 찢어졌다.

목화는 할머니가 귀국한 뒤 원래 지냈던 숙소(빌라)로 돌아와 생활하고 있었다. 겨울 시즌이 끝나자 목화는 깊은 피로감을 느끼며 모처럼 늦잠에서 깼었다. 얼마 만에 누려보는 자유인지, 이제부터는 휴가나 다름없었다.

창밖을 내다보니 야자나무들이 무성하게 앞 유리창을 가리고 있다.

지금쯤 한국은 봄. 농부인 부모님과 여전히 실업자인 오빠, 경호, 잔소리꾼 지은이, 뚱지 예지, 귀염둥이 담이의 얼굴이 차례로 떠오른다.

시골집에 내려와 있을 때였다. 부모님에게는 휴학이라고 말했지만 목화는 더 이상 공부할 의욕을 잃고 있었다.

"혼자 사느라 고생이 많겠지만 그래도 공부는 포기하지 말아라."

아버지는 목화의 마음을 꿰뚫고 있는 것처럼 말했다. 그날 아버지의 음성은 여느 때보다 엄숙했다.

고향에는 어릴 적 함께 자랐던 초등 친구들이 많았다. 그들은 언제나 그녀를 받아주었고 인정이 넘쳤다. 시골 친구들과 어울려 데이트도 하고 가끔은 카페나 영화관에도 가보았지만 허전한 마음은 충족되지 않았다. 그녀에게는 뭔가 다른 삶이 있을 것 같았다.

사 개월을 버티지 못하고 상경했다. 스스로 의식주를 해결해야 하는 삶이 얼마나 혹독했던지 그 고생은 부모님도 알지 못했다. 부서지고 망가지는 지옥을 겪으면서도 며칠 뒤면 다시 일어나 발걸음을 옮겨야 했던 대학 생활, 알바로 인해 시간이 얼마나 소중한 것인지 배웠지만, 알바에서 벗어나지는 못했다.

생각해보면 대학 졸업장과 청춘을 맞바꿨다. 부모님의 가난이 모질어서 그 시절을 견뎠다.

친구들이 결혼하거나 취직할 때 그녀는 말레이시아로 왔다. 그때 그녀는 사랑, 결혼 그 모든 것을 포기했다. 이 나라에 와서 비록 월급은 적지만 일할 수 있는 것만으로도 얼마나 다행인지…… 목화는 자신이 유학 온 셈 치자고 생각했다. 유학을 왔으니 돈은 적게 버는 게 맞아. 그

러니 영어만은 확실하게 배운 다음 귀국하는 거야. 그래
야 억울하지 않지.

지나간 이십 대와 시작의 삼십 대, 무엇이 같고 무엇
이 다른 것일까? 여전히 혼자인 것은 같고, 다른 것은 직
업이 조금 안정되어 있다는 것일까?

요즘 그녀는 거울 앞에 앉아 있는 시간이 길어졌다.
왕하오와 함께 있을 때면 그의 선한 눈빛이 마냥 좋았
다. 자밀과 운동을 하는 것도 즐거웠다. 그런데도 뭔가
채워지지 않는 외로움은 여전했다.

그녀는 비수기를 맞아 골프와 영어공부로 시간을 보
내겠단 각오를 다졌지만 우울했다.

목화는 바기 스테이션으로 갔다. 마침 캐디들이 관리
장 책상 주위에 옹기종기 모여앉아 식사를 하고 있었다.
출근길이면 캐디들이 투명 플라스틱 도시락을 달랑달랑
흔들며 출근하는 모습을 많이 보았다. 하지만 그들이 먹
는 음식에 대해서는 생각해보지 못했다. 눈 앞에 펼쳐진
모습을 보니 캐디들의 식사가 초라하기 그지없다. 투명
플라스틱 도시락에는 흰밥이 들어있었다. 비닐봉지 속

에 들어있는 붉은색의 묽은 액체(SAMBAL)를 밥 위에 부어서 손가락으로 조물조물 섞은 다음 손가락으로 집어먹었다. 라면 국물에 밥을 말아 먹었던 그녀와 다를 것이 무엇인가……

갑자기 나타난 목화의 모습에 먹던 손들이 일시에 멈췄다. 목화는 무안한 마음에 고개를 돌렸다. 관리장이 그녀를 보고 자리에서 일어났다.

"골프장을 한 바퀴 둘러보고 싶은데 바기(전동카) 내줄 수 있어요?"

"오토바이도 내드릴 수 있어요."

"오토바인 못 타요. 바기만 있음 돼요."

"오토바이 배우실래요? 가르쳐 드릴게요."

이삼십 대로 보이는 관리장의 눈빛이 반짝인다. 목화는 그의 호의에 짧은 미소를 지으며 사무적으로 대답한다.

"고맙지만 바기면 충분해요."

"바기는 속도가 나지 않아서 재미없을 텐데요."

관리장이 주위에 있는 캐디들을 둘러보자 옆자리에

있던 캐디가 선뜻 자리에서 일어나 바기 쪽으로 걸어간다. 잠시 후 그가 바기 한 대를 몰고 다가온다.

목화는 곧바로 바기를 타고 밖으로 나왔다. 초록 잔디와 녹음 속에서 하얗게 빛나는 카트 도로를 따라 뜨거운 태양의 품속으로 들어갔다. 태양은 지상의 마지막 수분까지 흡수해 버릴 듯 무서운 기세다. 모자와 선글라스를 썼지만 불길 속을 통과하는 기분이다. 한낮의 공기는 찜질방 온도보다 더 뜨겁지만 나무 그늘 속을 달릴 때면 시원하고 상쾌하다.

'언제쯤 이 산속에서 벗어날 수 있을까?'

골프장에서 지내다 보니 현지인 중에는 흑인이 많았다. 이곳이 골프장이라 그런지 인도계 사람이나 인도네시아, 파키스탄, 미얀마 등지에서 일하러 온 외국인들이 많았는데 그 중에도 흑인이 많았다. 자밀은 지나칠 정도로 예의 바르고 겸손했다. 때때로 그는 차분하고 당당하여 어느 누구도 범접할 수 없는 아우라가 느껴졌다.

목화는 천천히, 혹은 빠르게 달리고 있다. 느린 전동카 덕분에 숲속을 뛰어다니는 원숭이와 다람쥐, 악어들을 볼 수 있었다.

목화는 A, B. C 세 코스를 돌아 나왔을 때에야 울적함
이 사라졌다.

저녁 식사가 끝나자 목화는 로비 후문 쪽으로 나왔다.
야외 카페를 지나면 콘도와 빌라로 가는 길목이기도 했
다. 요즘은 야외 카페가 텅텅 비어있다. 목화는 텅 비어
있는 테이블 한쪽에 앉았다. 이 카페는 식후 한국인 할
아버지 할머니들의 휴식공간이었다. 항상 고국 어르신
들과 지내며 한국 음식에 모국어를 사용하며 지내다보
니 이곳이 외국이란 생각이 들지 않을 때도 많았다. 혼
자 앉아 있자니 유난히 고국이 그립다.

*

주말, 목화는 예정에 없던 쿠알라룸푸르로 떠났다. 삼
개월 전쯤 두모 오빠가 취직이 되었다며 주말에 한 번 다
녀가라고 말했다. 삼촌 가족들도 찾아뵐겸 나선 길이었

다.

목화는 도착하자마자 삼촌을 뵙고 두모 오빠가 근무하는 회사 앞 카페로 갔다.

자리를 찾느라 두리번거리고 있을 때 두모 오빠가 카페 문을 열고 안으로 들어왔다. 거의 반년만의 만남이었다. 버스를 타기 전 전화를 했을 때 두모 오빠는 무척 반가워했다. 오빠 뒤를 따라 한 여성이 다가왔다. 그녀는 이 나라 여성들의 모습 그대로 검정 원피스에 머리에는 분홍색이 들어있는 검정 히잡을 쓰고 있다.

"이런, 몰라볼 뻔했다. 예뻐졌는데? 좋은 일 있는 거 아니니?"

목화가 자리에서 일어나 여성에게 눈길을 주었을 때 두모 오빠는 장난스런 목소리로 말했다.

"그전에는 못난이였단 얘기네. 어서 여친이나 소개해 줘."

"친구 푸풋이야."

"아! 오빠 졸업식 날 잠깐 만났던 그분 아니야?"

"그래, 그때 소개했구나."

"목화예요. 반가워요."

푸풋이라는 이름을 듣자 목화는 그제야 생각이 났다. 오빠의 대학원 졸업식 때 교정에서 잠시 만났던 여성이었다. 중국계 말레이인이라고 했다. 피부색도 우리나라 사람과 같아서 한국인이라고 해도 믿을 만큼 닮은 모습이었다. 자세히 보니 차분해 보이는 표정에 웃을 때면 보조개가 먼저 웃었다. 코가 좀 납작했지만 귀염성 있는 얼굴이었다.

"반갑다. 네가 콩쥐라는 건 벌써 알아봤는데……"

"취직하더니 오빤 다른 사람처럼 세련되고 멋있어."

"너한테 진작 이런 말을 들었어야 했는데."

두모 오빠는 쑥스러운 표정으로 활짝 미소를 지었다. 직장생활을 시작한 두모 오빠의 모습은 의젓하고 듬직해 보였다. 글로벌 회사라 각 나라에 있는 현지 회사에서 일 년씩 돌아가며 근무해도 다 근무해보지 못하고 퇴직하게 될 거라고 했다. 목화는 그런 두모 오빠가 부러웠다.

두모는 목화가 자기 집에 와서 보수도 없이 늦은 시간

까지 일하는 모습을 볼 때마다 항상 미안하게 생각했다. 틈이 나면 그녀를 도우려고 했다. 가족 중 어느 한 사람도 미안한 생각을 갖지 않았는데 두모 오빠만 유일하게 그녀의 노고에 대해 안타까워했다.

"산속 생활 힘들지 않니?"

걱정해 주는 두모 오빠의 음성이 참으로 따뜻하다. 말끝에 연민이 묻어있다. 낯선 땅에서 걱정해 주는 사람이 있다는 건 얼마나 큰 힘이 되는지, 이국의 하늘 아래서 살아본 사람만이 알 수 있는 일이었다. 두모 오빠는 대학 삼 학년 때 한국에서 이 년 동안 유학을 했던 경험이 있어서 그런지 또래의 고민에 대해 누구보다 잘 이해하고 있었다.

대화 중에 푸풋이 두모 오빠의 회사로 옮기고 싶어한다고 말했다.

"푸풋도 글로벌 회사에 다닌다면서 오빨 무지 좋아하나 봐. 회사까지 옮길 생각을 하는 걸 보면."

"회사가 같으면 오히려 불편할 것 같아서 얘기해 봤는데…… 모르겠다. 생각 있는 애니까 자신이 결정하겠지."

"결혼할 거야?"

"아직 그런 단겐 아냐."

두모와 목화는 한국말로 대화를 나누고 있었고 푸풋
은 듣고만 있었다.

저녁 식사 후 푸풋이 자기 집으로 초대했다. 그녀는
삼십여 평 되는 아파트에서 혼자 살고 있었다. 자주색
카펫이 깔린 거실은 도자기와 가면, 화려한 원색의 그
림 등으로 꾸며져 있어 실내가 화려하면서도 인상적이
었다. 여행을 좋아한다는 그녀의 취향을 단번에 느낄 수
있었다. 푸풋이 와인과 과일 치즈 등을 내왔다. 목화는
긴장하며 두모 오빠의 표정을 살폈다.

"술 마시는 사람 있어요?"

목화는 푸풋을 바라보며 조심스럽게 물었다.

"내가 한국 유학중에 배운 게 술이잖아. 푸풋도 알고
있어. 여기오면 푸풋하고 한 잔씩 하곤 해. 내가 와인을
가르친게 아니고 해외 여행 중에 마시게 되었다고 고백
하더라."

두모 오빠가 유리컵에 와인을 따랐다. 술을 팔지도 마시지도 않는 무슬림 국가에서 푸풋과 술을 마시려니 조심스럽기만 했다. 조용한 성격의 푸풋은 두모 오빠와 그녀를 향해 미소만 지었다.

"오빠, 건배해도 돼?"

"그럴까? 푸풋은 모르니까 우리만 건배하자."

목화는 푸풋을 위한 배려라고 생각했다.

"오빠, 취직 축하해."

목화는 오빠와 건배했다.

푸풋은 건배를 해보지 않은 모양인지 잔을 들지도 않고 가만히 그들을 주시했다. 목화는 테이블 위에 놓여있는 푸풋의 잔에 가만히 술잔을 부딪혔다. 그러자 오빠도 목화를 따라 잔을 부딪쳤다. 푸풋은 그들의 행동이 재미있는지 웃고 있다. 와인 잔이 아닌 컵이라 소리가 맑지 않았지만 분위기는 좋았다.

서울에서 지낼 때 술을 마시며 혼자 건배했던 적이 있었다. 졸업 일 년 반만에 이차 시험에 처음 합격했을 때였다. 부모님과 친구들에게 알리고 싶었지만 면접시험이 있어 참아야 했다. 떨어져도 합격해도 위로해주고 기뻐해줄 친구들이 있었지만 알바로 취업준비로 분주한 친구들을 불러 술잔을 기울이긴 일렀다. 혼자서 술잔을 기울이다 보니 갑자기 건배하며 마시고 싶었다. 상위에 컵을 하나 올린 뒤 그 빈잔에 잔을 부딪히며 건배했다.

"면접시험을 위하여!"

한 잔을 마시고,

"목화의 합격을 위하여!"

또 한 잔을 마셨다. 술병이 하나둘 비워지자 비로소 면접시험을 볼 자신이 생겼다. 건배를 하다 보니 외로움이 사라지는 것 같았다.

또 한번은 이 나라에 와서 골프장에 취직이 되어 빌라 일 층에 방을 배정받았던 첫날 밤이었다. 목화는 기쁜 마음으로 술잔을 기울이며 친구들에게 전화를 걸었다. 하지만 산속이라 접속이 되지 않았다. 그녀는 빈 잔을 앞에 두고 혼자서 축배를 들었다.

"목화야! 축하한다."

이건, 지은이 잔, 이건 예지, 이건 담이, 경호…… 마시다 보니 몸과 마음이 실타래처럼 풀어졌다.

"와인, 좋아하지 않니?"

오빠의 물음에 목화는 그제야 와인을 단숨에 삼켰다.

"푸룻은 부잔가 봐."

목화는 한국말로 말했다.

"부모가 사업을 하나 봐."

두모는 그녀의 부모에는 관심이 없어 보였다. 화려한 거실 분위기 속에서 목화는 두모 오빠가 푸룻과 잘 어울릴 수 있는 짝인지 알 수 없었다.

목화는 두모 오빠에게 하려던 얘기는 꺼내지도 못하고 돌아왔다.

*

목화는 왕하오와 드라이브를 나왔다가 읍내의 작은 카페에서 차를 마셨다.

"기분이 좋아 보여."

왕하오가 그녀를 보며 말했다. 비수기를 맞아 한 사장

은 홍보차 귀국할 모양이었다.

"휴가거든. 사장이 귀국하면 난 여행이나 다녀올 생각
이야."

"누구하고?"

왕하오는 놀란 얼굴로 물었다.

"누구긴, 혼자 가는 거지."

"혼자서 여행을 떠난다고?"

"혼행이라고 요즘 트렌드야."

"어디로 가는데?"

"페낭이 좋다고 해서 그곳으로 가려고."

"여자가 혼자서 여행을 하는 건 위험해."

왕하오는 단호한 음성으로 말했다.

"거긴 유네스코 문화유산이 있는 관광도시래, 안심해
도 돼. 사장님도 다녀오셨다고 추천해 주셨거든."

"혼자 여행은 위험해."

그의 눈빛은 염려와 불안으로 가득해진다.

"걱정 안 해도 돼. 진정한 여행은 혼자서 하는 거래.
버스로 떠났다가 관광하고 버스로 올 건데 뭐가 걱정이

니? 숙소도 이미 예약해 두었어."

"여기서 페낭까지 몇 시간이나 걸리는 줄 알고 하는 말이니?"

"네 시간가량 걸린다는데."

"꼭 가야 한다면 내가 페낭까지 데려다줄게."

"페낭까지? 내가 어린앤 줄 알아?"

"위험하니까 그러지."

왕하오는 여전히 불안한 음성으로 말했다.

"버스 안으로 강도가 들어오는 것도 아닐 테고."

목화는 그의 위험하단 소리가 우습기만 했다. 따라가고 싶어서 하는 소리겠지.

"이 나라에선 여자 혼자 여행을 가진 않아."

"난 혼자 말레이시아에 왔고, 혼자 살면서 일하고 있잖아."

"그건 알겠는데 페낭까진 내가 데려다줘야 안심이 될 것 같아."

"일은 어떡하고?"

"휴가를 내야지."

"데려다주려고 휴가를 낸다고? 왕복 여덟 시간이나 돼. 안될 말이야."

"난 너와 페낭까지 가는 길이 즐거울 것 같은데?"

그는 행복한 미소를 지었다.

폭풍 속에서

한 사장이 귀국하자 목화는 홀가분했다. 사무실에 나
갈 일조차 별로 없었다. 노트북으로 예약을 확인하거나,
골프 여행에 대한 문의가 있을 때 친절하게 댓글을 달아
주면 끝이었다. 비수기(4, 5, 6월) 동안은 쉬면서 근무할
수 있는, 아니 휴가나 다름없었다. 골프 손님이 아주 끊
긴 것은 아니지만 대부분 여행사에서 주선하는 할인 골
프 여행이라 우선 손님이 적고, 손님들에게 돌발 사고가
있어도 대부분 여행사 직원이 처리하기 때문에 크게 염
려할 필요도 없었다.

사장은 한국으로 떠나기 전날 목화를 불렀다. 여행사

를 통해 들어온 손님들이지만 서비스를 세일해서는 안
된다며 몇 번이고 친절 또 친절을 강조했다.

목화는 점심 식사가 끝나자 커피를 들고 잠시 사무실
에 들렀다. 인터넷 카페에 골프 세일을 알리는 글씨를
분홍색으로 크고 선명하게 그려 넣었다. 사장의 지시 중
하나였다. 사무실의 전화벨이 울렸다.

"**골프 리조트입니다."

"하이, 모카!"

자밀의 중저음이 기분 좋게 뿌려진다. 그는 골프를 함
께 할 수 있는지 물었고 그녀는 즐거운 마음으로 약속했
다.

수화기를 내려놓으며 목화는 그와 마지막 라운드라고
생각했다. 사장과 자밀 세 사람이 운동을 마치고 레스토
랑에서 함께 식사하고 있을 때였다. 주방 쪽에서 식당으
로 나오던 왕하오와 시선이 마주쳤을 때 그의 표정이 어
두워 보였다. 일요일 오후를 그녀와 함께 보내리라고 생
각했던 왕하오는 골프를 하게 되었다는 그녀의 말에 다
녀오라고 말했지만 마음이 편치 않았던 모양이었다. 목

화는 왕하오를 불편하게 하고 싶지 않았다.

그동안 자밀이 골프를 지도해주어 고맙단 얘기도 할 겸, 앞으로는 라운드가 어렵겠단 말도 전해야겠다고 생각하고 나선 길이었다.

아침부터 하늘이 흐렸다.

목화는 B 코스에서 보자는 자밀의 말에 시간 맞추어 밖으로 나갔다. 비가 내리고 있었다. 우산을 쓰고 바기 스테이션 안으로 들어가자 갑자기 우당탕! 맹렬한 기세로 비가 쏟아진다. 목화는 가만히 비 내리는 풍경을 지켜보았다. 비의 알갱이가 하나씩 살아서 바기 스테이션 지붕을 쾅쾅쾅 내려치고 있는 것 같았다.

왕왕왕!!! 톡톡톡!!!

한여름 산속에서 매미들이 한목소리로 맴맴맴!!! 귀를 때렸던 것처럼 빗소리가 나무숲을 장악해버렸다.

바기 스테이션은 철 기둥을 세우고 그 위에 얇은 양철을 얹어놓은 것이 전부였다. 그 때문에 천정을 때리는 빗소리가 다른 여느 곳보다 몇 배로 크게 들렸다. 점점 굵어지는 비에 밖으로 나서지도 못하고 입구에 가만히

서 있자니 와글와글, 어찌 들으면 빗소리가 개구리 울음 소리 같기도 하다.

일요일이라 바기 스테이션에는 당직인 캐디가 한 명 남아 있었다. 목화는 캐디가 내준 전동카 안에서 비가 잠잠해지기를 기다렸다.

비는 금세 그쳤다. 목화는 혼자서 운전을 하고 B 코스로 향했다. 야자나무 숲을 지나 짧은 다리를 지났다. 숲속 나무 아래 자밀이 먼저 와서 기다리고 있었다. 그는 반가운 얼굴로 그녀를 맞았다.

"오늘은 날씨가 흐려서 운동하기가 좋을 것 같습니다."

목화가 전동카에서 내리자 자밀이 그녀의 골프백을 그의 전동카에 실었다. 캐디가 없으니 각자의 전동카로 이동하는 불편을 줄이기 위함이었다. 일요일 오후라 페어웨이에는 아무도 없었다.

근 열흘 만에 이루어진 라운드였다. 자밀과 약속을 하고 난 뒤 목화는 아침저녁으로 골프 연습장에서 열심히 실력을 갈고닦았다. 꾸준히 연습했던 터라 드라이버샷은 그녀가 생각해도 멀리 날았다. 옆에서 자밀이 박수를 보냈다. 기분 좋은 출발이었다. 전동카 도로 옆으로 야자수 나무들이 줄지어 서 있다. 그 옆으로 넓고 긴 페어웨이를 걷는 기분은 뭐라 말할 수 없이 유쾌했다. 골퍼들은 이런 기분 때문에 골프를 하는 것이 아닐까? 또래의 친구 중에 골프를 하는 친구들이 몇이나 될까, 생각하니 결코 나쁜 직장은 아닌 것 같다.

샷을 할 때마다 날아가는 공을 바라보고 있노라면 통쾌했다. 자밀의 예의바른 행동에 자신도 모르게 그를 따라 움직이며 샷을 하고 있었다. 그녀의 샷은 실수와 성공 사이를 오락가락했다.

자밀이 타석에 섰을 때 갑자기 빗방울이 머리 위로 떨어진다. 하늘은 태양으로 눈 부시다. 맑은 공기를 뚫고 금세 비가 내린다. 자밀은 소나기에도 흔들림 없이 드라이버를 잡고 연습 샷을 한 다음 멋진 샷을 날린다. 목화는 나이스 샷을 외치며 얼굴 위로 흘러내리는 빗물을 훔친다. 우리나라 사람들 같으면 벌써 비를 피해 전동카속으로 도망쳤으련만 자밀은 타석을 떠나지 않고 공이 날아가는 모습을 끝까지 바라보고 있다.

이제는 그녀 차례다. 목화도 자밀이 했던 대로 흔들림 없이 빗속에서 샷을 날린다. 자밀의 굿샷! 소리가 귓전을 울린다. 공은 비를 뚫고 포물선을 그린다. 비가 점점 굵어진다. 그러나 비는 금방 그칠 것이다. 하루 한두 차례 지나가는 비였다. 목화는 비를 피해 나무 아래로 달려가고 싶었지만 묵묵히 비를 맞으며 앞을 향해 걷고 있는 자밀을 바라보다 물가에 떨어진 그녀의 공을 찾아 나섰다.

소나기가 순식간에 폭우로 돌변했다. 어느새 빗물이 모자 끝에서 얼굴로 떨어진다. 옆에서 걷던 자밀이

"괜찮겠어요?"

라고 물었다. 자밀의 얼굴에도 빗물이 흘러내린다. 그녀는 하늘을 쳐다보다 주위를 둘러보았다. 비는 금세 그칠 것 같지 않다.

목화는 길가에 서 있는 전동카 속으로 뛰어들었다. 벌써 옷이 흠뻑 젖었다. 그녀는 손수건으로 빗물을 닦았다. 손수건이 젖었다. 그제야 자밀이 폭우를 뚫고 천천

히 걸어서 전동카 안으로 들어왔다. 그도 신의 뜻이라 생각하며 비를 맞았을 것이다. 오 분이나, 길면 십여 분(?)가량 지나면 비는 그칠 것이다.

목화와 자밀은 전동카에 앉아 비가 그치기를 기다리고 있었다. 하늘이 점점 어두워지며 비는 폭우로 돌변해 엄청난 속도로 쏟아졌다. 폭우는 문이 없는 전동카 안으로 몰려들었다. 목화의 한쪽 옷이 흠뻑 젖었다. 사방은 어둡고 빗소리만 창창하다. 카트 도로 주변은 우거진 숲에 싸여 마치 정글 속에 갇혀있는 것 같다. 비바람에 야자나무 이파리가 미친 듯이 흔들렸다.

이곳의 전동카는 열대지방이라 태양만 가릴 요량으로 만든 것인지 지붕만 가려져 있을 뿐 양쪽 문이 없었다. 앞부분은 투명 플라스틱 창이 절반가량만 붙어 있었고, 의자 뒷부분은 골프가방을 장착하게 되어있었다. 사방에서 비바람이 사정없이 들이쳤다. 자밀이 그녀 곁으로 붙어 앉았다. 목화는 눈치채지 않게 애써 반대쪽으로 조금씩 옮겨 앉았다. 자밀이 장난스럽게 웃으며 그녀 쪽으로 점점 바짝 붙어 앉았다. 다리가 닿았다. 그가 가까이 다가올수록 얇은 여름옷 사이로 그의 체온이 느껴졌다. 목화는 불현듯 그가 떨고 있는 걸 알았다. 그녀는 의자에서 점점 밀려나 폭우를 고스란히 맞았다. 이미 옷은 젖어 속옷이 비쳤고 가슴의 곡선이 선명하게 드러났다. 자밀이 그녀를 안쪽으로 끌어당기며 자리를 비켜주었다. 목화는 그제야 안쪽으로 다가앉았다. 빗물이 자밀의 얼굴 위로 방울방울 떨어졌다. 그의 입술이 비에 젖어 번들거렸다.

하늘이 뚫린 듯 빗물이 폭포수처럼 쏟아졌다. 의자 끝으로 밀려 났던 자밀은 한순간 물속에서 기어 나온 듯했다. 옷 위로 젖꼭지며 가슴 근육이 도드라져 보였다. 전동카 안으로 들이친 빗물이 발밑까지 고였다. 주변이 점점 어두워졌다. 그가 그녀 뒤쪽으로 한쪽 팔을 펴서 우산을 펼친 뒤 폭우를 막아주었다. 거친 바람과 소나기에 우산이 사정없이 흔들리더니 이내 뒤집히고 말았다. 그가 뒤집힌 우산을 바로 잡느라 다른 쪽 팔을 그녀 앞으로 뻗었다. 목화는 이제 그의 팔에 안겨 있는 상태가 되고 말았다. 우중에 그녀를 돕자고 한 행동인데 자리를 박차고 일어나기도 어색하고 가만히 있는 것도 불편했다. 자밀이 한쪽 팔을 풀고 우산으로 비를 막았지만 폭우는 멈출 것 같지 않았다. 그가 어두운 하늘을 보더니, 안 되겠는지 카트를 운전해 앞을 향해 달리기 시작했다. 도로는 빗물이 흘러넘쳐서 바퀴가 물 위에 뜨는 것 같았다. 카트 도로는 언덕을 따라 내리막길로 접어들었다. 물이 많이 고인 곳은 전동카가 지나가기 어려웠다. 그는 도로를 벗어나 잔디밭으로 요리조리 달리기 시작했지만 전동카라 아무리 밟아도 속도가 나지 않았다. 폭우가 전동카 안으로 계속 몰아쳤다. 그녀의 얼굴이며 머리카락에서 빗물이 계속 떨어졌다. 그는 한쪽 팔로 우산을 들고 다른 쪽 팔로 운전을 계속했다.

따그르르! 천둥소리가 무섭게 귀청을 때렸다. 잠시 뒤에는 땅을 가르기라도 할 것처럼 눈앞에서 번쩍, 칼날 같은 번개가 지나갔다. 또다시 땅따르르! 천둥이 쳤다. 그때 사이렌 소리가 울렸다. 골프를 중단하고 돌아오라는 신호였다. 우산이 벗겨지고 비바람이 그녀의 얼굴을 때렸다.

눈앞에 지하도로가 나타났다. 골프장에는 지하도로가 홀마다 한두 개씩 있었다. 자밀이 어두운 지하도로 안으로 들어갔다. 비를 피할 요량이었다. 지하도로 끝은 길을 따라 나무가 무성하게 자라고 있어 안은 어두웠다. 자밀이 지하도로 가운데쯤에 이르자 전동카를 세우며 와락 그녀를 끌어안았다. 빗물에 젖어있던 자밀의 입술이 그녀의 입술을 덮쳤다. 탄탄한 다리가 그녀의 하체를 밀어붙였다. 밀착된 몸은 움직일 수 없는 상태였다. 그녀의 모자가 떨어져 나갔다. 뜨거운 입맞춤이 계속되는 동안 그녀도 자밀의 상체를 끌어당겼다. 알지 못할 강렬한 힘이 자신도 모르게 솟구쳤다. 자밀은 그녀를 힘껏 끌어안고 삼킬 듯이 애무했다. 그의 거친 호흡이 거침없이 귓불에 닿았다. 자밀의 숨소리가 걷잡을 수 없이 거칠어지는 것을 느낄 수 있었다. 옷이 벗겨지고 있었지만 목화는 자신을 제어하지 못했다. 불현듯 두려움에 그를 밀어내려고 했지만 그녀의 힘으로는 이미 감당할 수 없었다. 자밀의 거친 수염이 전신의 피부를 뚫어버릴 것처럼 따갑게 찔렀다.

천둥소리가 아득히 멀어져갔다.

눈을 떴을 때 지하도로를 따라 빗물이 흘러들어 바퀴가 거의 물에 잠겨 있었다. 그가 다시금 입술을 덮쳤다. 그의 거침없는 행동에 그녀의 몸이 환희에 떨었다.

목화는 자밀을 간신히 떼어놓고 정신없이 집으로 돌아왔다. 집으로 돌아온 뒤에도 몸은 뜨겁게 달아올라 식지 않았다.

목화는 샤워를 끝낸 뒤에야 핸드폰을 열었다.

"어디 있니?"

왕하오의 전화와 문자메시지가 십여 통 들어와 있었다.

목화는 핸드폰을 닫고 건전지를 빼냈다. 왕하오의 메시지를 보자 불현듯 죄책감을 감추기 어려웠다. 그럼에도 참을 수 없는 욕망에 몸을 떨었다.

다음 날 아침 목화는 식당에 가지 않았다. 그녀는 자신 안에 그토록 뜨거운 욕정이 숨어 있었던가, 두려웠다. 그녀는 손바닥으로 자신의 얼굴을 찍어 눌렀다. 열기와 부끄러움을 동시에 느꼈다.

식당으로 가면 왕하오를 만날 것이 분명했다. 다시는 그를 볼 수 없을 것 같단 생각이 들었다. 더욱이 그녀를 두렵게 한 것은 자밀을 향한 그리움이었다. 몸이 그를 원했다.

대학 일학년 때 과 친구에게 성폭행을 당한 뒤 그녀는 남자 부근에도 가려 하지 않았다. 수년이 지난 뒤 사랑하는 남자가 있었지만 그가 원할 때면 금세 몸이 굳었다. 그는 그녀를 이해해 주지 못했다. 그녀는 그가 원하는 것을 줄 수 없어서 헤어졌다. 졸업 후 알바를 하다가 처지가 비슷한 알바생을 만나 서로 감싸주다가 애정으로 발전했다. 그가 경호였다. 그와 사랑을 나누었지만 절정감을 느끼지는 못했다.

처음에는 서로의 가난이 그들을 묶어주는 것 같았다. 취업이 되지 않다 보니 이별을 말하지 않았을 뿐 지루한 관계로 이어지고 있을 때였다. 가난한 그들에게는 사랑보다 취직이 목표가 되어버렸다.

"경호야. 나, 말레이시아 가."

목화는 경호가 잡아주기를 간절히 바랐다. 그가 잡는다고 해도 떠날 길이었지만 그가 잡아준다면 떠나는 길이 덜 외로울 것 같았다.

"거긴 왜?"

"……일하러 가."

그녀는 아무렇지 않은 음성으로 말하느라 힘이 들었다.

"……그래? 얼마 동안?"

"모르겠어. 금세 올 수도, 아닐 수도."

점점 줄어드는 목화의 힘없는 음성에도

"… 잘 다녀와."

침묵 끝에 그는 사무적인 음성으로 말했다.

"꼭 시험에 합격해서 부모님 기쁘게 해드려라."

취업을 해야만 하는 공동 목표를 향해 달렸지만 이별은 그렇게 끝났다. 허망하고 슬펐지만 앞뒤로 막혀있는 현실을 경호나 그녀가 파괴할 힘은 없었다. 돌이켜 생각해보면 그때는 외롭고 힘들었지만, 이즘에 와서 생각해

보면 헤어진 일은 잘된 일이었다고 생각되었다.

경호의 취업 소식은 들려오지 않았다. 한때는 경호의 불합격이 그녀의 불합격처럼 여겨졌던 때가 있었다.

한번은 길을 가다가 차 안에서 타로점을 봤다. 누가 먼저 취직이 될 것 같습니까? 경호가 장난삼아 물었다. 중년의 아주머니는 한참 동안 그들의 얼굴을 바라보았다. 결혼을 할 수 있는지, 언제쯤 가능한지, 당연히 물었어야 하는 첫 물음은 버려두고 취업 먼저 묻고 있는 경호가 생소해서 그랬을까. 경호와 그녀 중 어느 한 사람이 먼저 취직을 한다면 두 사람 중 한 사람은 남아서 힘들어질 거라고 했다. 그걸 누가 모르나, 경호는 그때 무슨 신파 스토리냐고 화를 내며 자리를 박차고 일어났다. 목화는 그 말을 믿고 안 믿고 관계없이 몹시 씁쓸했다. 아줌마가 제대로 짚었단 생각이 들었다. 경호도 부모를 책임져야 할 형편이었고 그녀 또한 마찬가지였다.

현관문 벨 소리가 울렸다. 누굴까? 그녀를 찾아올 수 있는 사람은 왕하오밖에 없었다. 반응이 없자 이번에는 조심스럽게 현관문을 두드렸다.

목화는 왕하오를 피해 숨고 싶었다. 그와 대면하기가 몹시 난감했다.

그날 일은 마치 기름에 불이 붙듯이 순간적으로 일어난 일이었다. 얼굴이 화끈거렸다. 목화는 자신이 아닌 것만 같았다. 왕하오를 생각하니 자신의 행동이 역겹기까지 했다. 결코 있어선 안 되는 일이었다.

목화는 종일 방안에만 숨어 있었다. 그 사이 왕하오가 두세 차례 다녀갔다. 목화는 자신의 마음이 어디로 향하고 있는지 판단하기조차 쉽지 않았다.

목화는 불도 밝히지 못한 채 어둠 속에 누워있었다.

왕하오와 얼굴을 마주치고 싶지 않았지만 여행사를 통해 입국하는 손님이 있어 그녀는 사무실에 나가야 했다. 왕하오와 마주치더라도 아무렇지 않은 척 행동하리라고 마음을 무장했다. 그러나 막상 왕하오와 시선이 마주치자 그녀의 단호함은 어처구니없이 무너지고 말았다.

"어디 아팠던 거야?"

목화는 고갤 끄덕였다.

"병원에 데려다줄까?"

"이젠 괜찮아."

왕하오는 비로소 안심되는지 걱정스러운 표정을 풀었다.

목화는 그와 마주 서 있기가 거북해 서둘러 로비로 나왔다. 곧 도착할 손님들을 기다리다 문득 자밀이 나타나기라도 한다면 어떻게 하지? 걱정이 되기도 했다.

자밀은 사무실 전화를 이용했기 때문에 목화의 핸드폰 번호도 숙소도 알지 못했다. 만약 자밀도 그녀의 숙소를 알게 된다면 어떻게 될까, 생각하니 아찔했다.

*

"사띠야, 내가 요즘 커피를 너무 많이 마시나 봐. 잠이 오지 않아. 이젠 왕하오가 커피나 디저트 가져오지 않았음 좋겠어."

"잠이 왜 안 오는데? 무슨 일이라도 있니?"

"커피를 많이 마시니까 잠이 오지 않아."

"커피를 많이 마심 잠이 안 와?"

사띠는 알 수 없다는 표정이었다.

"커피에 카페인이 많아서 잠이 안 오나 봐."

"난 그런 말 처음 들어. 그럼, 케이크는?"

"케이크는 살이 쪄서 안 되겠어."

사띠는 카페인이니 수면장애라는 말조차 선뜻 이해하기 어려운 모양이었다. 오후 서너 시면 여전히 알리가 커피와 디저트를 가져오거나 가끔은 왕하오가 직접 가져오기도 했다. 사띠와 나눠 먹기도 하고 사장이 있을 때면 함께 먹고 마셨다. 그럴 때면 사장의 눈빛이 의구심으로 빛났다.

그날 저녁 야외 카페에서 왕하오를 만났다.

"사띠한테 얘기 들었어. 무슨 고민 있니?"

"없어. 카페인 땜에 그런지 잠이 안 와. 그러니까 커피나 케익 보내지 마."

그의 한결같은 친절에 목화는 오히려 화가 났다. 왕하오가 말없이 그녀의 얼굴을 응시했다. 이유를 찾으려는 듯이.

"그 커피, 디카페인인데 왜 잠이 안 오지?"

디카페인이라는 말에 그녀는 깜짝 놀랐지만 이내 아무렇지 않은 표정을 지어야 했다.

"아무래도 병원에 가야겠다. 널 시간 내서 함께 가보자."

"며칠 쉬면 괜찮아질 거야."

목화는 등에서 땀이 났다. 어서 빨리 숙소로 숨고 싶었다.

*

목화는 사무실에서 인터넷 카페를 새로 단장하기 위해 골프장 풍경을 담은 수십 장의 사진 중에서 가장 아름다운 풍경을 골라내고 있었다. 문득, 무슨 소리를 들은 것 같아 고개를 들었다. 사띠가 유리창 밖에서 사무실 앞을 서성거리고 있었다.

그녀는 사띠를 향해 손짓했다. 발을 멈추고 돌아보던

사띠가 반가운 얼굴로 들어왔다. 그러잖아도 식사 시간
에 그릇을 나르고 있던 사띠의 모습이 평소와 달리 환자
처럼 보여서 어디 아픈지 물어볼 생각이었다.

사띠의 얼굴을 쳐다보니 울었던 듯 눈동자가 충혈되
어 있다. 목화는 보조 의자를 내밀었다.

"사띠! 무슨 일 있어?"

그녀는 희미하게 미소를 띨 뿐 말이 없다.

"음료수가 있는데 함께 마시자."

사띠의 어두운 표정은 처음이라 목화는 염려가 되었
다. 야자수를 따라주고 케이크를 꺼냈다. 사띠는 목이
타는지 야자수를 단숨에 마셨다. 그녀는 어딘가 불안해
보였다.

"사띠! 걱정 있나 보네, 나한테 알려주면 안 돼?"

"……"

목화의 말에 그녀는 금방이라도 눈물을 쏟을 것 같다.
목화는 양쪽 블라인드를 모두 내렸다.

"힘들면 안 해도 돼."

"결혼해야 하는데 하고 싶지 않아."

목화는 놀라 그녀를 주시했다.

"결혼? 신랑이 싫어?"

"부모님이 정해 주셔서 작년에 약혼했는데 올해는 결혼하자고 해. 아무리 생각해도 지금은 결혼하고 싶지 않아."

지금이 어느 시대인데 부모가 맘대로 결혼을 시키려고 하는 것일까?

"왜 결혼을 빨리하자고 하는데?"

"내가 서비스 업종에서 일하는 것이 좋지 않다고 생각하는 모양이야."

"신랑은 뭐 하는 사람이니?"

"이웃 마을에서 농사를 짓는 농부야."

"직업이 마음에 안 드니?"

"꼭 그런 건 아니고 결혼하면 이곳에서 일할 수 없어."

"혹, 사랑하는 사람이 따로 있니?"

목화의 물음에 사띠는 불안한 얼굴로 주변을 둘러본 다음에야 입을 열었다.

"좋아하는 사람이 있긴 하지만 그 사람은 내가 좋아하는지도 몰라."

"사귄 지는 얼마나 됐니?"

사띠는 고개를 흔들었다.

"그럼 사귀지도 않고 혼자서 짝사랑한단 말이니?"

"약혼했기 때문에."

그녀는 누가 들을까 봐 목소리를 죽이며 말했다.

"혼자서 몰래 좋아하면 뭐하니? 솔직하게 말하고 사귀는 거야. 그 남잔 다른 여자를 좋아하니?"

"모르겠어."

"그럼, 네가 좋아하는 남자를 나도 알고 있니?"

"아마도 모를 거야."

"이곳에서 일하는 사람이니? 솔직하게 말해줄 수 있어? 혹 도움이 될 수도 있잖아."

"늦었어."

"평생 살아야 할 사람인데 어떻게 부모가 정해 준 사람한테 결혼한다는 거니? 네가 좋아하는 사람은 어디서 일하니?"

"주방에서."

"그럼? 왕하오?"

목화는 화들짝 놀라 물었다.

"빤옷이라고 주방에서 일해."

"난 그 사람을 모르겠어. 왕하오에게 도와 달라 말해 볼까?"

"안 돼. 말해선 안 돼. 절대, 절대로."

사띠는 의외로 단호했다. 잠시 후 사띠는 자신의 얘기가 알려질까 봐 몹시 두려워하며 아무에게도 말하지 말라고 당부한 뒤 사무실을 떠났다.

*

"페낭은 몇 시에 출발하면 좋겠니?"

왕하오의 갑작스러운 물음에 목화는 대답 대신 고개를 돌렸다. 입이 얼어붙는 느낌이었다.

헤어지자고 말하면 얼마나 상처를 받을까. 자밀과는 실수였어. 왕하오와 사랑을 할 수도 있고, 결혼할 수도 있어. 아니야, 자밀과도 가능한 일이야.

"버스를 타고 갈 거야. 아무리 생각해도 혼자 가는 게 좋겠어."

"난 너와 함께 있는 시간만으로도 충분히 행복해. 그러니까 안 된다고 말하지 마."

"왕복 8시간이야. 버스를 타고 가는 게 내 마음이 편할 것 같아."

"넌 이미 약속했어. 난 휴가를 냈으니까 이제는 아무 말 하지 마."

"나를 불편하게 하지 마."

"위험해서 널 보낼 수 없어. 난 행복한 보디가드가 되고 싶어."

어떤 말로도 그를 설득할 수 없을 것 같아 목화는 입을 다물었다.

페낭

목화는 서둘러 페낭 여행 준비를 마쳤다. 새벽에 출발하는 첫 버스로 떠날 생각으로 버스터미널까지 가는 그랩 택시를 예약해 두었다. 왕하오가 페낭까지 데려다주겠다고 했지만 홀홀히, 아무도 몰래 떠났다 살짝 돌아올 생각이었다.

다음 날 새벽, 목화는 그랩택시가 도착할 시간에 맞춰 숙소를 나섰다. 복도로 나오자 어둑한 현관 앞에서 누군가 걸어 나왔다. 왕하오였다. 그는 주차장에 차를 세워 두고 그녀를 기다리고 있었던 모양이었다. 간밤, 목화는 혼자 가겠다고 버티다 그와 헤어졌다. 왕하오가 꼭두새

벽에 그녀를 기다리고 있으리라곤 생각지 못했다.

목화는 그의 밝은 표정을 보자 얼른 입이 떨어지지 않
았다. 될 대로 되라는 마음도 없지 않았다. 왕하오가 목
화의 캐리어 백을 얼른 붙잡았다. 그녀는 마지못해 손을
놓았다. 그가 서둘러 그녀의 캐리어 가방을 트렁크에 싣
는 모습을 우두커니 바라보다 그녀는 말없이 차에 올랐
다. 그때 그랩 택시가 도착했다. 왕하오가 기사에게 다
가가 돈을 건넸다.

차가 출발했다. 생각해보니 지금껏 여행 한번 다녀온
적이 없었다. 가족이나 친구, 연인끼리 여행을 다녀온
친구들이 여행 얘기를 꺼낼 적이면 그녀는 주눅이 들었
다.

알바만 하다가 직장이라고 다니다 보니 이런 날도 있
구나 싶었다. 이번 여행은 그동안 쉴 틈 없이 바쁘게 살
아온 자신에게 주는 선물이라고 생각했다.

왕하오는 그녀의 마음을 아는지 모르는지 노래를 흥
얼거리며 쾌활한 표정을 감추지 않았다.

골프장을 벗어나자 왕하오가 목화의 한쪽 손을 끌어

당기더니 그녀의 손등에 키스했다.

"나 간밤에 한국 드라마 봤어."

"제목이 뭔데?"

"천국의 계단."

"아주 아주 오래된 드라만데."

"호주에 갔을 때 길에서 연인들끼리 껴안고 키스하고, 눈앞에서 그 모습을 첨 봤을 때 테러를 당한 기분이었어. 내가 본 애정표현 중에 가장 강렬했거든. 나중에 알고 보니 동거하는 친구들이 대부분이었어. 우리나라에서는 연인이라도 공공장소에서 손을 잡을 수도 없거든. 호주에 가기 전까지 내가 알고 있었던 사랑의 모습과는 너무 달라서 한동안 혼란스러웠어. 나중에는 많이 익숙해졌지만. 한국의 드라마에서 봤던 연인들의 모습과 호주의 연인들과는 닮았지만 조금 달라 보였어."

"어떤 모습이?"

"한국 드라마 속 연인은 서로 사랑하는 마음이 오래 지속되면서 한결같았거든. 드라마는 감동적이었어."

"한국 드라마 몇 편이나 봤어?"

"널 만나고부터 보게 됐어. 모두 열한 편 봤어."

왕하오도 사띠처럼 한국 드라마에 빠진 것 같았다.

왕하오는 주유소에서 기름을 넣고 나서 창문을 연 다음 뒷자리에 있던 플라스틱 상자를 툭툭 손으로 쳤다. 목화는 그제야 자리에서 엉덩이를 들고 상체를 돌려 뒤를 돌아보았다.

"뭔데?"

차창 밖에 서서 그녀를 지그시 내려다보고 있던 왕하오의 눈동자에는 장난기가 가득하다.

"열어봐."

자신감 넘치는 그의 음성이 듣기 좋다. 상대에 대해 일말의 의심도 없이 그는 편안한 얼굴로 웃는다. 그런 순수한 모습이 언제나 그녀를 무장해제 시켰다.

그가 상자를 열자 뚜껑이 덮인 두 개의 원형 과자 그릇이 들어있다. 그중 하나의 뚜껑을 열자 화려한 색깔의 김밥이, 다른 하나는 호일로 덮여있다.

"이게 뭐야?"

"아침을 먹지 못했을 것 같아서."

그가 흡족한 표정을 지었다.

"이건 뭔지 모르지만 맛있는 거겠지?"

목화는 그제야 호일을 조심스럽게 열었다. 불고기였다. 엄마 냄새가 느껴지는, 정성이 깃든 음식에 목이 메었다. 김밥 한 개를 왕하오의 입에 넣어주고 그녀도 한 입 입에 넣었다. 노랑 단무지와 빨강, 초록 등 파프리카와 고기를 넣어 만든 김밥은 사각사각 맛있다.

왕하오가 휘파람을 불며 차 안으로 들어온다. 불고기는 아직 온기가 남아 있었다.

"김밥을 만들 줄 알다니 불고긴 어떻게 된 거야?"

"한식 담당 아저씨에게 배웠어."

"한식 입에 맞아?"

"응. 맛있어."

레스토랑에서는 이틀에 한두 번 불고기가 나왔지만 그녀가 먹으려고 했을 때는 이미 식은 불고기가 데워지고 있었다.

이른 새벽 음식을 만드느라 수고했을 왕하오의 정성을 생각하니 죄책감에 마음이 무거워졌다. 아! 맛있다.

목화는 즐거운 표정으로 말하고 있었지만 회초리를 맞고 있는 듯 마음이 아팠다. 그 마음을 들키지 않으려고 김밥과 불고기를 나누어 먹으며 해본 적 없는 수다를 떨었다.

"다른 한식도 만들 줄 알아?"

"요즘 배우고 있어."

차는 다시 출발했다. 목화는 핸드폰을 열어 드라마 [천국의 계단]에서 들었던 슈베르트의 '아베마리아'를 왕하오에게 들려주었다. 그가 엄지를 들어 보이며 좋아한다. 그녀는 계속해서 K팝 '우주를 줄게', 'LOVE'를 들려주었다. 그가 K팝을 좋아한다며 다시 들려달란다.

그는 '우주를 줄게'를 부른 가수들의 음성이 청아하다며 좋아했다. ─별빛 아래 잠든 난 마치 온 우주를 가진 것만 같아─ 가사 또한 아름다워 좋단다. 'LOVE'의 가사는 자신의 마음을 대신 말해주는 것 같아서 꼭 배우고 싶다고 했다. 배워서 듀엣으로 불러보자고 말한다.

    oh this is that love
    sure it's that love

너라면 모든 게 난 좋아

oh this is that love

falling for you

순간의 감정만은 아니야

노래를 들으며 가다 보니 바다 위의 다리를 건너고 있
다.

"아, 바다다!"

목화의 감탄에

"이 다리가 페낭 대교야."

왕하오는 육지와 섬을 잇는 다리를 지나며 말했다.

"어느 나라에서 건설했는지 아니?"

"나야 모르지, 엄청나게 길어 보이는데?"

"동양 최대의 사장교인데 한국의 H 건설이 교량 공사
를 했다고 들었어. 길이가 14. 5㎞나 돼."

"어쩐지 멋있더라니."

목화는 갑자기 자존감이 높아졌다.

"언제 건설했어?"

"내가 태어나기도 전인 것 같은데."

다리 아래로 선박들이 지나는 모습이 내려다보인다.

"모카! 이 다리만 건너면 목적지 페낭이야. 네가 여행을 하는 동안 보디가드가 되고 싶은데 안 되겠니?"

"당연히 안 되지."

그는 잠시 침묵했다.

호텔에 도착한 다음 짐을 넣어두고 그들은 근처를 산책했다. 호텔 근처에서 저녁 식사를 하고 카페에서 차를 마셨다. 목화는 그를 돌려보내야 했기 때문에 미안했지만 냉정해야 한다고 생각했다. 왕하오는 헤어지기 싫은지 미적거렸다.

"너무 늦게 출발하면 낼 일하는 데 지장 있어. 졸음운전을 할 수도 있고, 어서 일어나."

목화는 말은 그렇게 하면서도 여행을 같이하고 싶은 마음도 없지 않았다.

"돌아오는 날, 몇 시 버스를 타고 오는지 출발 전에 전화해줘. 버스터미널에서 기다릴게."

거듭된 목화의 성화에 왕하오는 몇 번씩이나 같은 말을 되풀이한 뒤, 그녀의 대답을 듣고 나서야 마지못해 자리에서 일어났다.

*

페낭 구시가지 골목길에 있는 조그마한 호텔에 묵게
된 것은 사장이 여행비에 보태라며 건네준 돈도 있었지
만, 조식 포함 저렴한 숙박비라 큰마음 먹고 결정한 일이
었다. 혼자 여행하며 마음을 정리하고 싶어 떠나온 길이
었다. 소용돌이치는 마음속을 마주하고 있자니 왕하오
가 더욱 그리웠다. 그러나 그를 떠나보낸 일은 잘한 일
이었다고 생각했다.

아침에 일어나 창밖을 내다보니 가난한 마을인지 작
은 집들이 길게 연달아 붙어 있다. 지붕의 울긋불긋한
색깔이 바래고 낡아 보인다. 아침 햇살이 눈부시다. 목
화는 관광 준비를 마친 다음 배낭을 한쪽 어깨에 메고 아
침 식사를 하기 위해 일층 레스토랑으로 내려갔다. 간단
한 뷔페식이 준비되어 있었다. 목화는 샐러드와 빵과 햄
을 접시에 올린 뒤 주스를 내렸다. 빈 식탁에 음식을 내

려놓고 자리에 앉으려다 뭔가 시선이 느껴져 앞을 바라
보았다. 낯익은 얼굴이 그녀를 향해 활짝 웃고 있다. 간
밤 분명히 떠났던 왕하오였다. 테이블 위에는 노란 주스
한 잔이 놓여있다. 왕하오는 보고 있었던 신문을 내려놓
았고, 목화는 음식도 버려둔 채 왕하오의 환한 미소 속으
로 걸어갔다.

"어떻게 된 일이야? 어젯밤에 돌아가지 않았던 거야?"

목화는 반가움을 숨기지 않은 채 묻고 있었다.

"돌아가지 않았던 게 아니라, 돌아가지 못한 거야. 다
리를 다 건넜을 때 네가 멈추라고 소리쳐서 돌아왔어.
난 모카의 보디가드니까."

말은 당당하게 하면서도 얼굴은 붉어졌다.

"직장은 어떡하고?"

"휴가를 냈거든."

떠났다고 생각했던 그를 다시 보자 몸이 먼저 반응했
다.

왕하오의 방은 아래층에 있었다. 그들은 식사를 마치
고 관광을 위해 조지타운 시내로 들어갔다.

"모카! 꿈만 같아. 우리가 이렇게 여행을 함께 하게 될 줄 몰랐어."

그의 음성은 감동으로 떨려 나왔다.

페낭섬은 1786년, 영국 식민지 시대에 영국이 건설한 도시로, 도시 전체가 유네스코 문화유산으로 지정되어 있다고 한다. 세계적인 관광지라 카페와 레스토랑은 물론 아름다운 건물도 많고 관광객도 많다고 한 사장은 신이 나서 설명했다.

그들은 페낭 구시가지를 걷다가 하얀 색깔의 아담하고 깨끗한 흰색의 아름다운 교회 안으로 들어갔다. 동남아시아에서 가장 오래된 성공회 교회라고 했다. 잔디가 깔린 마당과 행사대로 이용했을 것 같은 예쁜 조형물을 둘러보았다. 왕하오는 가이드 북을 들고 충실하게 가이드 노릇을 해주었다.

그들은 앞서거니 뒤서거니 두세 걸음 떨어져 걸었지만 줄곧 애정 어린 시선을 주고받았다. 교회 오른쪽에는 조그마한 카페가 자리 잡고 있었다. 카페 앞에는 나무 달구지 안에 노랑 빨강 분홍 등 화려한 풀꽃이 무성하게 피어있었다. 한 다발의 꽃처럼 아름다웠다. 카페 안으로 들어가니 아담한 실내는 마치 오래된 집 안의 거실처럼 벽에는 흑백사진으로 꾸며져 있었다. 이른 아침이라 그런지 손님은 한 사람도 없었다. 안쪽에는 주인으로 보이는 나이든 할머니가 꽃이 프린팅된 원피스를 정갈하게 입고 앉아 있었다. 영국인으로 보이는 할머니였다. 이곳에서는 커피보다 홍차를 더 맛있게 우려낼 것 같다. 홍차를 주문하고 나서 조그맣고 예쁜 작은 테이블 앞에 앉았다. 실내를 둘러보니 소박해 보이는 소품들이 장식장 위에 정겹게 놓여있다. 그녀 앞에 앙증맞게 놓여있는 노란 풀꽃을 내려다보고 있노라니 어느새 마음이 편안해진다.

행복해 보이는 왕하오의 표정에 그녀도 덩달아 즐겁다. 주인 할머니가 홍차를 내준 뒤 작은 바구니를 들고 밖으로 나간다.

이제 카페에는 그들뿐이었다. 냉방이 잘된 실내에서 따뜻한 홍차를 마시며 앉아 있노라니 마음마저 따뜻해진다.

왕하오는 다섯 명의 형제자매 중 셋째라고 했다. 부모는 조호바루에서 조상 대대로 식당을 운영하고 있으며, 형과 형수가 부모의 일을 도우며 가까이 살고 있다고 했다. 그도 부모의 영향 덕분에 제과를 배우게 되었다고 했다.

목화는 그가 다가왔을 때 선한 첫인상 때문에 부담 없이 대할 수 있었다. 대화를 나눌 때면 그의 열린 생각은 그녀로 하여금 귀를 기울이게 했다.

다시 거리로 나왔다. 소풍 날, 숨겨진 보물을 찾아가는 초등학생처럼 가슴이 설렌다. 구시가지의 건물들은 이삼층의 낡은 건물들이 줄지어 붙어 있다. 이런 형식의 건물 앞에는 회랑이 길게 이어져 있었다. 회랑은 강렬한 햇살을 막아주어 이동 통로로는 그만이었다.

그러나 좁은 골목길을 관광할 때는 트라이쇼만큼 좋은 이동수단은 없었다. 트라이쇼는 인력거꾼이 손님의 등 뒤에서 페달을 밟아 앞으로 나아갈 수 있게 만든 관광용 이동수단이었다. 그들은 트라이쇼를 타고 조지타운의 골목 골목을 누볐다. 다닥다닥 붙어있는 건물들은 옛

사람들의 정취를 그대로 느끼게 했다. 은행, 편의점, 카페, 옷가게, 식당, 교회 등이 즐비하다.

골목길을 도는 동안 인력거꾼은 힘이 드는지 그들의 등 뒤에서 숨을 가쁘게 몰아쉬며 쌕쌕거린다. 긴 골목길에서 벗어나 또 다른 골목길로 꺾어 들었을 때 그들은 트라이쇼에서 내렸다.

걷는 동안 수많은 벽화와 철 구조물로 만든 작품들을 감상할 수 있었다. 고단한 삶을 적나라하게 보여주는 작품도 있고 누나가 동생을 자전거에 태우고 달리는 사랑스러운 모습의 벽화도 있다. 벽화는 이 골목길의 자랑거리였다. 가족 간의 따뜻한 정을 그린 그림은 순수하면서도 아름답다.

목화는 골목길을 걸으며 관광객들로 보이는 연인들이 다정하게 손을 잡고 걷거나 팔짱을 끼고 걸으며 자유롭게 애정표현을 하는 모습을 보며 문득 왕하오를 바라봤다. 그는 예의 선량한 미소를 지을 뿐이었다. 그는 걸을 때도 나란히 걷기보다는 한두 발 앞서거나 뒤서거나 했고, 때로 그녀 가까이서 걸을 때도 손을 잡거나 팔짱을

끼지도 애정표현도 하지 않았다. 가끔 그녀가 그를 쳐다보면 그의 몸에서는 이해할 수 없는 긴장감이 느껴지기도 했다. 차 안에서는 그녀의 손을 잡고 놓지 않던 그가 타인이 있는 공간에서는 타인처럼 행동했다.

구시가지에 있는 이백 년 된 식당으로 저녁 식사를 하러 갔다. 식당 안은 조금 어두웠다. 구석진 곳에 자리를 잡고 앉아 실내를 둘러보았다. 어둠에 익숙해지자 벽에 걸려 있는 오래된 흑백사진, 그림, 시계, 가구 등 식당이 얼마나 오래되었는지 짐작하게 했다. 목화는 문득, 마술에 걸려 이백 년 전으로 돌아간 느낌이었다.

흥미로운 것은 이백 년 전의 실내에 관광객들로 보이는 이들이 앉아 있다. 여성들은 상의를 거의 탈의한 모습이거나 남녀 구분 없이 면티에 짧은 반바지 차림이 많았다. 그들의 손에는 핸드폰이 들려 있고, 노트북, 카메라와 드론, 최첨단 장비를 가진 사람들도 있다. 낡은 상자 속에 최첨단 시대를 사는 화려한 모습의 사람들이 들어와 있다. 유심히 살펴보니 놀랍게도 거기 있는 사람들은 모두 백인들뿐이었고 커플이었다. 유색인종은 왕하오와 그녀뿐이었다. 만약 유색인종은 들어올 수 없다고 했다면?

목화는 메뉴판을 들여다보며 왕하오의 설명을 듣는다. 그가 예의 적당한 음성으로 설명하는 동안 목화는 그의 입술을 바라보고 있었다. 고른 치열이 보기 좋다. 왕하오는 자신이 얼마나 매력적인 남자인지 모르는 것 같다. 그들은 코코넛 치킨 카레, 나시고랭, 사태 등을 주문했다.

코코넛 치킨 카레는 카레에 닭고기를 볶은 요리로 부드럽고 감칠맛이 최고였다. 나시고랭은 말레이식 볶음밥으로 그녀의 입맛에 꼭 맞았다. 사태는 대나무 꼬치에 꿰어나온 양고기나 닭고기를 숯불에 구운 요리로 달콤 짭짤했다.

"여기 있는 음식도 만들 줄 알아?"

"눈으로 보거나 맛을 보면 뭐든 만들 수 있어."

"멀티네."

"네가 좋아하는 음식은 평생 만들어 줄게. 요즘은 한식 배우는 재미로 하루가 바빠."

생각 없이 했던 말인데 뜻밖에도 프러포즈와 같은 말이 되돌아온다. 평생 만들어 주겠단 말을 목화는 두 번째 듣는다. 그런데도 그의 말은 항상 처음 듣는 말처럼 새롭게 들렸다.

"한식은 왜?"

그녀는 이 분위기를 농담으로 바꿀 요량으로 던진 말이었다.

"난 모카 공주의 요리사니까. 넌 따로 요리를 배울 필요 없어."

이야기가 계속 이어진다면 금방 결혼하잔 말이 튀어나올 것 같다. 화제를 바꿔야겠다고 생각하고 있을 때였다.

"모카! 싸랑해, I love you. 사야 신따 무(Saya cinta mu) ……."

사랑한다는 말…… 이성 사이에는 이미 사라져야 할 박물관 언어라고 생각했다. 사랑은 사랑하는 두 사람이 느끼고 가질 수 있는, 거룩한 언어라고 생각했다. 그래서 쓰고 싶지 않았던 말, 아니 오랫동안 잊고 지냈던 말.

오늘, 그 말을 왕하오의 입을 통해 듣는 순간 목화는 생애 처음 듣는 소리처럼 진실하게 들렸다. 아득히 먼 옛날 사람들이 주고받으며 행복해 했던 말.

"나도 사랑해."

목화는 그의 사랑에 그녀의 사랑을 부었다.

웃음소리에 문득 주위를 둘러보니 옆자리의 백인 커플이 손가락으로 식사를 하다가 하하하, 웃음을 터뜨렸다. 손가락을 여자에게 내보이며 웃고 있는 남자의 손가락에는 온통 음식이 묻어있다. 그들은 아마도 음식체험을 하는 모양이다.

왕하오는 어제와 마찬가지로 그녀와 똑같이 포크를 이용하고 있다.

한번은 사띠가 사무실에 놀러 왔을 때 남겨 두었던 케이크를 포크로 찍어서 사띠에게 건넸다. 그녀는 포크를 조심스럽게 잡고 케이크를 한 입 베어 물었다.

"에브다, 마싣다!"

사띠의 한국말은 서툴렀지만 낱말이 점점 늘어갔다.

"예쁘다, 맛있다."

목화가 사띠의 발음을 교정해 주었을 때 그녀의 손에 든 남은 케이크가 바닥으로 떨어졌다. 그녀는 몹시 부끄러워하며 말했다.

"포크가 익숙하지 못해……"

사띠는 허리를 굽혀 바닥에 떨어진 케이크를 손으로 주웠고, 목화는 얼른 쓰레기통을 내밀었다.

"나도 익숙하지 않아. 포크로 음식을 먹다가 자주 떨어뜨려."

"말레이 사람들은 왜 손으로 음식을 먹게 됐을까? 음식을 먹기 전에 손을 씻어야 하고 먹고 난 뒤에도 손을 씻어야 하니 번거로울 텐데."

"난 다른 나라 사람들이 음식을 먹을 때 포크나 젓가락을 사용한다는 걸 영화나 드라마를 보고 처음 알았어. 실제로 눈으로 본건 식당에서 일하면서 첨이야. 어릴 때는 모든 사람이 우리처럼 손으로 먹는 줄 알았거든."

"나도 어릴 때는 세상의 모든 사람이 젓가락과 숟가락으로 식사를 하는 줄 알았어."

목화의 얘기에 사띠가 동질감을 느꼈는지 히히 웃었

다.

사띠의 말에 의하면 음식을 먹을 때, 특히 아담의 포크(손)를 사용해 식사할 때는 반드시 오른손을 사용한다고 했다. 심지어 선물을 주고받을 때도 오른손을 이용한다고 말했다.

"왜 그래야 해?"

"엄마의 얘기론 오른쪽 손은 천국을 상징하고 왼쪽 손은 지옥을 가리킨다고 했어. 화장실에서 일을 보고 뒤를 닦을 때는 반드시 왼손을 사용해야 해."

목화는 사띠가 음식을 주고받을 때 두 손을 사용하지 않았던 이유를 그제야 알았다.

"아담의 포크(손)는 안 쓰는 거야?"

목화는 사띠의 얘기가 생각나서 왕하오에게 물었다.

"보통 때는 아담의 포크를 쓰지만 여기선 모카와 있으니까."

그는 겸연쩍은지 흐흐 웃는다.

저녁 식사를 마치면 호텔로 돌아왔다. 그리곤 누가 먼

저랄 것 없이 일층에 있는 카페로 갔다. 그들은 늦도록 차를 마시며 얘기를 나눴다.

밤이 깊어지면 카페에서 각자의 방으로 돌아갔다. 서로 여행을 방해하지 않겠단 약속을 한 때문인지 그는 목화를 호텔 방문까지 데려다주곤 돌아섰다.

아침이면 그녀가 일어났는지, 외출준비는 마쳤는지 전화를 한 뒤 노크를 하고 그녀의 방으로 들어왔다.

"잘 잤니?"

목화는 고개를 끄덕였다. 왕하오가 다가와 그녀의 어깨를 안고 정수리에 가볍게 키스했다.

"모카! 난 너무 행복해. 너와 함께 식사하고…… 여행을 하는 일이 도무지 현실 같지가 않아."

그가 참을 수 없다는 듯이 그녀의 허리를 끌어안았다. 그의 심장 소리가 쿵쿵 들렸다. 이 사람이었는데…… 마음속 깊숙이 묻어두었던 죄책감이 다시금 살아났다.

왕하오의 숨소리가 점점 커졌다.

"알라후 아크바르!"

그는 그녀를 안고 양쪽 볼에 수차례 키스하며 혼잣말

처럼 말했다.

"알라후 아크바르가 무슨 말이야?"

"뜻이 많아. 오늘 내가 한 말은 이렇게 아름다울 수가! 라는 감탄사야. 널 안고 있는 이 시간이 이렇게 소중하고 행복할 수가 없어."

"이런 말을 여러 번 들었던 것 같은데, 지난번 폭죽이 터지던 때도 이런 비슷한 말을 들었던 것 같은데 기억나?"

"그럼, 그날을 어떻게 잊을 수 있겠니?"

왕하오는 그날이 생각난 듯 수줍은 미소를 지었다.

"그날도 이 말을 했던 거 아니었어? 그때는 어떤 뜻이었어?"

왕하오는 그날을 생각하는지 다시 한번 그녀를 힘껏 끌어안았다.

"이렇게 달콤할 수가!"

그들은 소리 내어 웃고 있었다.

"또 다른 뜻은?"

"말과 글로 표현할 수 없는 아름다운 것을 보고는 저

렇게 아름다울 수 있을까? 추한 모습, 경악을 금치 못하는 인간 행위를 보고 '인간의 탈을 쓰고 어떻게 저럴 수 있을까?' 등의 의미가 있지."

"그럼 뭐야, 코에 걸면 코걸이, 귀에 걸면 귀걸이잖아. 근데, 그날 밤엔 일라일라(?) 그런 비슷한 말을 했던 것 같은데?"

"그랬지. 라 일라하 일랄라를 운전을 하면서도 계속했으니까 아마도 수십 번은 되려나?"

"그건 또 무슨 말?"

"좋은 뜻, 모든 이를 위한 기도, 우리를 위한 기도."

종교는 나이든 이들의 신앙이라고 알고 있었는데 그는 의외로 신앙심이 깊어 보였다.

다음 날, 차이나타운 거리를 관광하다 말고 왕하오가 잠시 백화점으로 들어가길 원했다. 로비에서 이리저리 서성이던 그는 목화를 소파에 앉아 쉬게 한 뒤 잠시 다녀올 곳이 있다며 로비 안쪽으로 들어갔다. 그가 들어간 곳 입구에는 기도실이라고 적혀 있었다. 그는 오래지 않아 돌아왔다. 백화점에서 식사를 마치고 밖으로 나오자 태양이 정수리에 모닥불을 놓는 것 같다. 더위를 식힐 겸 시원한 음료를 찾아 카페로 들어갔다. 어디든 냉방시설 하나만큼은 빵빵했다. 달아올랐던 피부가 금세 진정되었다. 그녀는 말레이시아식 빙수라는 아이스 카찬을 맛보았다. 여러 가지 시럽과 아이스크림, 팥을 넣은 빙수는 시원하고 달콤했다. 그들은 얼마 동안 지친 몸을 쉰 뒤 거리로 나왔다.

거리를 한참 동안 관광하다가 하얀색의 아담한 주택이 한눈에 들어왔다. 녹색 잔디 위에 창문도 지붕도 온통 하얀 색의 주택이었다. 교회와 달리 아담한 주택은 마치 엽서 속에 나오는 그림처럼 아름다웠다. 그 옛날에도 정복자들은 이렇게 아름다운 집을 짓고 살았구나. 21세기에도 이렇게 아름다운 주택은 보기 드물었다. 그들은 명소가 되어있는 주택으로 들어갔다. 목화는 실내를 둘러보며 몇 번씩 감탄사를 늘어놓았다. 그녀 뒤에서 가끔 미소를 건네며 따라오던 그가 옆으로 다가왔다.

"모카, 이보다 더 아름다운 집에서 살게 해줄게."

"정말? 할머니가 될 때까지 기다려야 되는 건 아니지?"

목화가 장난 말을 건넸다.

"물론 아니지. 아기가 태어날 때쯤이면 그 꿈을 이룰 거야."

왕하오는 자신 있는 목소리로 말했다. 결혼을 건너뛰어 아기까지 늘어놓는 바람에 목화는 수줍음도 잊고 웃음을 터트렸다. 그는 그녀의 미소를 핸드폰에 담으며 흐흐 따라 웃는다.

*

여행에서 돌아온 목화는 쿠알라룸푸르로 가는 버스에 올랐다.

장거리(페낭) 여행을 다녀오느라 고단했기 때문에 생리가 늦는 것으로 생각했다. 가끔 생리가 늦을 때도 있어서 괜찮겠지, 생각하며 잊고 지냈다. 그러다 불현듯 떠오른 생각에 은근 걱정이 되었지만 별이면, 별이면…… 기다리다 보니 걱정은 눈덩이처럼 점점 불어났다.

가까운 탐핀에도 조그마한 약국이 있었지만 한국 사람이 없는 시골 마을이라 소문이라도 날까 두려웠다.

목화는 쿠알라룸푸르에 도착하자마자 약국에서 임신 테스트기를 사서 확인해보았다. 두 개의 줄이 선명하게 나타났다. 한순간 눈앞이 깜깜했다.

염려했던 대로 임신이었다.

'말도 안 돼.'

목화는 다른 약국을 찾아갔다. 그곳에서 임신 테스트기를 두 개 더 샀다. 다시 한번 확인해보지 않고는 믿을 수가 없었다.

두 번째, 세 번째도 마찬가지였다. 임신 사실에 놀란 목화는 자리에 주저앉고 말았다. 쇼크였다. 당장 무엇을 어떻게 해야 할지 막막했다.

그동안 자밀이 수차례 그녀를 만나러 왔지만 목화는 그를 피했다.

임신이 되고 보니 온갖 생각으로 머릿속이 터질 것 같았다. 자밀이 흑인이라는 사실이 눈앞에서 점멸등처럼 깜박였다.

골프장의 힘든 일은 이웃 나라에서 온 흑인들의 몫이었다. 한번은 한 사장이 흑인들을 바라보며 말했다.

"흑인들은 우리나라 젊은이들이 안고 있는 가난보다 더 가혹한 현실을 살고 있더라고."

목화는 그 말이 처음에는 무슨 뜻인지 몰랐다.

"우리나라 젊은이들은 가난을 대물림받지만 흑인들은 가난뿐만 아니라 외모 또한 대물림 되잖아. 감출 수 없는 검은 피부와 가난한 생활을 하는 걸 보면 신은 흑인들에게만 시련을 주는 것 같단 말이야. 신이 있다면 공평해야 하는데 내가 보기엔 그러지 않거든. 신은 과연 있는지 의심할 수밖에 없더라고. 기독교 신자인 아내와 이런 문제로 가끔 다툴 때가 있어."

한 사장은 그 말을 하면서 세상에 없는 일을 자기만 깨달았다는 듯 자만심 가득한 얼굴로 말했다.

"자기 나라에서 사는 한 흑인이라고 해서 고민될 건 없잖아요. 아무도 자기 국민을 무시하진 않을 테니까요.

우리가 우리나라에서 사는 한 황인종이라고 해서 고민
하는 사람은 없잖아요. 백인들이 흑인이나 황인종을 볼
때는 다 같은 유색인종이겠지만."

임신, 자밀의 아이, 눈앞이 어지럽게 흔들렸다.

목화는 두려운 생각에 몸을 떨며 골프장으로 되돌아왔
다.

*

눈을 뜨면 수면 시간을 제외하고 머리가 지끈거렸다.
자신에 대한 혐오감이 가슴속에서 무섭게 들끓었다. 페
낭여행을 하는 동안 목화는 자밀을 마음속에서 지웠다.
그런데 이제는 어떻게 해야 할지.

당장 임신중절 수술을 받아야 한단 생각이 떠올랐지
만, 임신이 되자 자밀에 대한 미련이 남아 있음을 알았
다.

이틀 뒤, 목화는 답답한 마음에 다시 쿠알라룸푸르로
갔다. 카페에서 종일 두모 오빠를 기다렸다.

"얼굴이 핼쑥해졌네, 고민 있니?"

두모 오빠가 그녀 앞자리에 앉으며 걱정스러운 얼굴로 말했다. 그는 변함없이 따뜻하다. 먼 친척이지만 친오빠로 느껴질 만큼 섬세하고 자상했다.

"다이어트 중이야. 좀 더 슬림해지면 결혼이나 해버릴까?"

고민을 털어놓을 생각으로 꺼낸 말이었다. 그러나 그의 자상함에 순간 뒷걸음질 쳤다. 사실을 말함으로써 자신에 대한 믿음을 잃을 수도 있겠단 두려움이 컸다. 지금껏 자신을 신뢰하고 걱정해 준 사람은 두모 오빠가 유일했다. 고민을 말하고 나면 실망할 수 있겠단 생각이 들었다. 한 살 위인 어찌 보면 타인인 그에게 임신을 말하기에는 민망하기 짝이 없는 노릇이었다. 지금껏 가족이라고 여겼지만 마음을 털어놓을 수 없고 보니 비로소 타인이 확실하다는 생각이 들었다. 몇 번을 생각해도 그녀가 입을 열어 사실을 말하기엔 어려운 관계임이 분명했다.

"큰일 나고 싶니? 여긴 한국이 아니야."

"그게 무슨 소리야?"

"히잡을 쓰고 싶은 건 아니지?"

"왜 히잡을 써?"

"너 연애하고 있니? 솔직히 말해봐."

두모는 목화를 똑바로 바라보며 말했다.

"연애는 아니고, 날 좋아하는 사람이 워낙 많아서 생각해봤어. ㅋㅋㅋ."

목화는 우울한 마음을 감추려고 애써 웃으며 장난 말처럼 말했다. 두모 오빠는 심각해졌던 표정을 그제야 풀었다.

"휴, 안심이다. 넌 무슬림과 연애해선 안 돼. 상대가 결혼하자고 말하면 침묵해서도 안 돼. 여성의 침묵은 결혼 승낙으로 간주하기 때문이야. 이슬람 율법은 무슬림이 다른 종교로 개종하는 것을 심각한 범죄로 간주하기 때문이야. 내가 푸풋과 교제하는 것을 극도로 조심하는 것도 종교적인 이유 때문이야. 더 가까이 가는 것도, 더 멀어지는 일도 없이 지내는 것이 얼마나 힘든 일인지 넌 모를 거야. 이슬람이라는 말은 신에 복종하는 것을 뜻하는 아랍어야. 넌 내가 종교가 없어서 괜찮을 거로 생각하겠지만 아직은 어떤 종교도 믿고 싶진 않아."

"왜?"

"내가 무슬림이 되면 내 아이들은 부모를 따라서 모두 무슬림이 되거든. 내 아이들에게 종교의 자유를 박탈한 꼴이 되고 말아. 사실 그 일로 푸풋과 얘기해 본 적이 있어."

목화는 망치로 머리를 한 대 얻어맞은 기분이었다.

"널 보면 가슴 뛸 현지 남자들이 많을 거야. 아니 전부라고 해야겠지. 하지만 결혼이나 연애는 꿈도 꿔선 안된다, 절대로. 이 나라는 일부사처제야. 위험해질 수 있어. 이 나라 남자들은 여자를 똑바로 바라보지 못해. 시선이 마주치면 얼른 피해버려. 한국 남자들과는 완전 달라. 왜 그런 줄 아니? 이 나라 남자들은 여자를 보았을 때 시선을 아래로 하는 것이 여성에 대한 예절이며 존중하는 태도라고 알고 있거든. 그것이 남성의 순결을 지키는 것이라고 배우기 때문이야."

"그거였네. 남자들이 시선을 내리길래 난 순진해서 그

런 줄 알았어."

"여성의 아름다운 외모는 남성의 마음을 유혹하기 때문에 눈길을 피하는 거야. 산속(골프장)에서 청춘을 보낼 수도 없을 테니 우선 쿠알라룸푸르로 와. 알바를 하면서 한국계 회사에 원서를 넣어 보는 건 어떠니? 이젠 어느 정도 소통할 수 있잖아. 아니면 공부를 시작하든지."

두모의 눈길이 예사롭지 않다.

"알바는 질릴 만큼 해봤어. 알바를 하려면 거기 있는 게 더 나아. 생각해보면 좋은 자연환경, 식사, 잠자리 제공, 그만한 직장도 없을 거야. 월급이 적긴 하지만."

"아무튼 이제는 영어 실력도 늘었겠다. 서서히 취직시험을 볼 때도 된 것 같다. 시험을 볼만한 곳이 있는지 알아보마."

그녀를 바라보는 두모 오빠의 눈길에는 연민이 느껴졌다. 그녀에게 택배 상자를 내밀며 심부름을 시킬 때의 애정이 담긴 그 눈길이다.

목화는 두모 오빠와 헤어진 뒤 택시를 타고 곧바로 외

국인을 상대하는 국제병원을 찾아갔다. 두모 오빠의 얘기를 듣고 보니 결혼을 하게 되면 무슬림이 되어야 한다는 사실, 아이도 무슬림이 된다는 말에 아무것도 생각할 겨를이 없었다. 이슬람 국가라 이 나라 병원에서는 임신중절 수술이 불가능할지도 모른단 생각에 외국인들을 상대하는 국제병원으로 갔다. 국제병원에서는 임신중절 수술이 가능할지 모르겠단 생각이 들었다. 목화는 용기를 내어 산부인과로 갔다. 산부인과에 접수를 마치고 번호표를 들고 대기실에 앉았다. 임신중절에 필요한 약이나 기타 방법이 있는지, 중절 수술은 가능한지…… 궁금한 것 투성이었다. 수술이 불가능하다면 어떡하지? 남편을 데려오라고 하면 어떡하지? 그녀는 두렵고 무서웠다. 외국인 임산부 속에서 그녀만 쩔쩔매고 있었다. 목화는 온갖 추측과 상상으로 머릿속이 터질 것 같았다.

간호사가 이름을 불렀다. 목화가 다가가자 진료카드를 내밀었다. 진료카드를 작성하다 목화는 손을 놓고 말았다. 그녀의 이름 옆에 배우자 성명을 기록하는 란이 있고 그 아래로 마지막 생리일…… 등을 기록하게 되어 있었다.

순간, 목화는 진료카드를 들고 산부인과 대기실을 도망치듯 빠져나왔다. 간호사가 뒤에서 그녀의 이름을 부르며 쫓아오고 있는 것 같았다. 후회와 수치심에 죽고 싶었다.

돌이켜보면 그날의 일은 통제 불가능한 순간이었다. 자밀이 아니라 왕하오였다 해도 마찬가지였을 것이란 생각이 들었다. 어떻든 절제하지 못한 일은 온전히 자신의 몫이었다. 순간의 욕정과 환희가 죽음과 같은 고통으로 바뀔지 생각이나 했을까.

목화는 다리에 힘을 모아가며 한발 한발 앞을 향해 걸었다. 그러나 몇 발자국을 옮기지 못하고 멈춰 섰다. 주위를 두리번거리던 그녀는 벤치에 털썩 주저앉고 말았다. 눈물이 차올라 자리에서 일어날 수도 없었다.

집으로 돌아온 목화는 손님들이 귀국하면서 주고 간 소주를 꺼내 병째 들이켰다.

프러포즈

왕하오가 전화를 걸어 왜 또 아침 식사를 하러 오지
않느냐고 묻는다.

"점심시간에 갈 거야."

왕하오의 애정 어린 음성에 그녀는 어디든 숨고 싶었
다.

점심시간이 지난 후에야 목화는 사무실로 나왔다. 골
프 예약건을 확인하는 일 외에도 미완성인 홈페이지를
새로 꾸며야 하고, 그동안 재무 상태나 마사지 건이며 캐
디피 등, 그 밖의 일을 빠짐없이 꼼꼼히 정리해야 할 것
같았다. 귀국해야 할지도 모른다고 생각하니 마음이 다

급했다.

목화는 홈페이지를 꾸미는 일에 몰두했다. 사장이 지시했던 일이라 서둘러 끝내야만 했다. 사무실 전화벨이 울렸지만 목화는 받지 않았다. 홈페이지에 골프장 사진을 올린 뒤 눈에 띄는 적절한 문장을 생각하느라 머리를 굴리고 있었다.

누군가 사무실로 들어오는 기척을 느꼈지만 목화는 하던 일을 계속했다. 왕하오가 아니면 사띠가 분명하다고 생각했다. 고개를 들어보니 눈앞에 자밀이 서 있다. 순간, 목화는 움찔했다. 잠시 말을 잊고 자밀을 바라보았으나 이내 고개를 숙였다. 그동안 자밀이 두세 차례 그녀를 찾아왔지만 목화는 그를 피했다. 사무실의 전화도 일절 받지 않았다.

"모카! 얘기를 좀 나눴음 하는데……"

자밀이 뭔가 깊은 얘기를 나누려는 듯이 보였다. 자밀의 입에서 무슨 말이 나올지 궁금했지만 자신의 마음이 더 중요하다고 생각했다. 가능하다면 우연이라도 만나지 않기를 바랐던 마음과 그렇지 않은 마음도 있었다.

목화는 불현듯 떠오른 생각으로 냉정함을 되찾을 수 있었다. 두모 오빠를 만나고 돌아온 날 목화는 자밀과 왕하오에 대한 마음을 접기로 결단을 내렸었다.

"여기서 얘기하세요."

목화는 컴퓨터에 집중하며 사무적인 어조로 말했다.

"내 차로 가서 얘기하면 안 될까? 꼭 할 얘기가 있어."

사뭇 간절함이 담긴 자밀의 음성은 애원에 가까웠다. 목화는 컴퓨터에 집중하는 척했지만 자밀의 강렬한 시선을 느꼈다. 이제 그녀는 무관심한 얼굴로 자판을 두들겼다.

"여기서 얘기하긴 어려워. 드라이브나 하면서 얘기하면 안 될까? 바쁘면 시간을 말해줘. 밖에서 기다릴게."

"시간 없어요. 여기서 얘기하세요."

"중요한 얘기야."

자밀은 잠시 망설이는 듯했다.

"어디서면 어때요, 말하세요."

목화는 여전히 컴퓨터에서 눈을 떼지 않은 채 사무적인 목소리를 유지했다.

"얘기해도 돼?"

자밀의 음성이 낮게 떨렸다. 얼마간 침묵이 흘렀다. 자밀이 창가로 걸어가더니 양쪽 블라인드를 모두 내렸다.

"보고 싶었어."

자밀이 목화의 책상 앞으로 다가오며 말했다.

"모카! 나와 결혼해 줘."

순간, 목화는 자신도 모르게 눈을 감았다 떴다. 그가 붉은 반지 상자를 열어서 그녀에게 내밀며 반 무릎을 꿇었다.

프러포즈? 상상도 못 했던 자밀의 행동에 목화는 깜짝 놀랐다. 사랑을 키워야 했던 과정을 건너뛰었기 때문일까? 그의 행동이 낯설었다. 그에 대한 믿음도 없는데 뭔가 뒤죽박죽이 된 것 같다.

그러나 잠시 마음이 흔들렸다. 그의 프러포즈를 받아 줘도 괜찮지 않을까? 그날의 결합은 사랑의 확인일 수도 있어. 순서가 틀렸다면 지금부터 하나씩 새로 시작하면 돼. 그와 결혼하면 태아를 살릴 수 있어…… 순간, 지금껏 그녀가 고민했던 일이 부질없단 생각이 들 정도로 모든 일이 쉽게 풀리는 것 같았다.

그러나 그건 사랑이 아니라 욕정이었다고 또 다른 그녀가 속삭였다. 사랑과 욕정을 혼동해선 안 된다고, 자밀이 그리웠던 건 가짜라고, 목화는 고개를 흔들었다. 감정을 추스른 후에야 그녀는 입을 열었다.

"자밀, 목화는 너와 결혼할 수 없어. 안 해!"

여자의 침묵은 승낙한 것으로 간주한다는 말을 상기하며 목화는 발음에 신중을 기하며 천천히 분명하게 말했다.

"모카! 고개를 들어 나를 봐. 그리고 이유를 말해줘. 우린 사랑하고 있잖아."

"사랑하지 않아. 실수였어."

목화는 자밀을 바라보지 않고 똑똑한 음성으로 냉정함을 잃지 않으려고 애썼다.

"난 너와 결혼하고 싶어. 만나지 못한 동안 난 아무 일도 할 수 없었어. 모카! 태어나서 이런 사랑은 첨이야."

자밀의 얘기가 어처구니없게도 진실하게 느껴지면서

한순간, 온몸에는 따뜻하고 부드러운 밀물이 전신을 덮쳤다. 그러나 목화는 자신의 마음을 들킬까 봐 신경질적으로 자판을 두들기기 시작했다.

"넌 나와 헤어질 수 있겠니? 우리가 헤어져야 할 이유가 뭔지 말해줘."

"사랑하지 않아."

"나에게 일이 개월의 시간을 줘. 결혼식을 준비하는 대로 널 아내로 맞을 거야. 알라께서 우릴 평생 행복하게 해주실 거야. 인샬라(신의 뜻이라면)."

불안정했던 그의 음성은 어느새 부드러워져 있었다.

"난 너와 결혼 하지 않아. 그러니까 돌아가."

목화는 말을 마치자 자밀을 두고 사무실을 나왔다.

*

자밀이 계속 찾아오거나 결혼을 종용한다면 어떻게 하지? 그 생각을 하면 두렵고 무서웠다. 목화는 불안해서 일도 제대로 할 수 없었다.

게다가 어제는 속옷을 사려고 마트에 들렀다. 과일 판매대 앞에서 목화는 하마터면 토할 뻔했다. 숙소로 돌아와 인터넷을 들여다보니 입덧 증세가 분명했다. 김치나 그 밖의 음식을 보거나 밥 냄새를 맡았을 때도 속이 울렁거리며 구토를 느낀다는 댓글이 많았다. 입덧 증세는 몇 달간 계속되며 점점 심해지는 사람이 있다는 것도 알게 되었다. 목화는 머릿속이 혼미해졌다. 어떡하지? 사표를 내고 귀국해야 할까?

*

　사무실 문을 굳게 닫아걸고 일을 하다 고개를 들어보니 사띠가 사무실 앞에 서 있다. 목화는 자리에서 일어나 그녀를 안으로 데리고 들어왔다. 사띠의 야윈 모습에 목화는 깜짝 놀랐다.

　"힘들었구나. 부모님께 말씀은 드렸니?"

　사띠는 목화의 물음에는 대답하지 않았다.

　"휴가는 잘 보냈어?"

목화가 혼자서 휴가를 떠난다고 했을 때 사띠는 몹시 놀랐다. 혼자서 여행을 할 수 있느냐고 물었다. 그렇단 대답에 부러움과 궁금증이 어른거렸다.

"페낭은 어떤 곳이었어?"

사띠는 힘없는 음성으로 물었다.

"아름답고, 관광객들이 아주 많고…… 사띠, 괜찮니?"

"사실은 도망가고 싶어."

"결혼이 싫은 거야? 약혼자가 싫은 거야? 빤웃은 만나 봤어?"

사띠는 고개를 흔들었다. 결혼하면 만날 수도 없을 테니 빤웃을 만나 얘기를 나눠보는 것이 좋을 것 같다고 여행 전에 말했었다.

"왜?"

"난 약혼한 여자이니까."

목화는 사띠의 생각과 행동이 답답하기만 했다.

"결혼하기 싫다고 하면 죽일지도 몰라."

"누가? 약혼자가?"

"아니. 가족들이."

"남자 가족들이?"

"아니. 우리 가족들이."

목화는 깜짝 놀랐다. 혹, 너무 가난해서 딸을 팔겠다는 걸까? 이 나라 문화에 대해 아는 바가 없다 보니 난감했다.

"네 가족들이?"

사띠는 고개를 끄덕였다.

"딸을 파는 것도 아니라면 어떻게 그렇겠어."

사띠는 중정을 내다보며 눈물을 훔쳤다.

"결혼도 싫고, 빤옷을 만나지도 못하겠고, 용기도 없으니……"

목화는 혼잣말처럼 중얼거리다 말고 불현듯 그녀가 도망갈지도 모른단 생각이 들었다. 그러나 그녀의 삶에 개입하기도 조심스럽고 안타깝기만 했다.

목화는 사띠와 헤어진 뒤 곧바로 왕하오를 만났다. 그러잖아도 여행하는 동안 왕하오와 함께 사띠의 고민을 공유했던 터였다.

"사띠, 어떡해?"

"글쎄. 우리가 뭘 도와줄 수 있을까?"

"네가 빤옷을 만나볼래?"

"만나보겠지만 우리가 어떻게 할 수 있는 일이 아니
야. 이건 심각한 일이거든."

왕하오는 이미 어찌할 수 없는 일이라는 듯 예의 차분
한 음성으로 말한다.

"빤옷이 사띠를 어떻게 생각하고 있을까?"

"설사 빤옷이 사띠를 좋아한다 해도 이 일은 해결이 쉽
지 않아."

"왜?"

목화의 조바심에도 왕하오는 한숨만 쉬었다.

"근데 이해가 안 되는 게 있어. 사띠 혼자 빤옷을 좋아
한단게 말이 돼?"

"그럼, 가능하지. 나도 그랬으니까."

"경험이 있단거네."

"응."

왕하오의 자신 있는 음성에 목화는 의아한 표정으로
그를 마주 봤다.

"식당에서 내가 널 첨봤을 때 가슴이 설렜으니까. 만나면 무슨 말을 꺼낼까? 생각하면 행복했거든."

왕하오는 눈을 찡긋해 보이며 선량한 미소를 지었다. 언제보아도 그 미소는 그녀를 설레게 했다. 목화는 얼른 화제를 돌렸다.

"빤옷이 사띠를 좋아한다면 방법이 있을 거야."

목화는 자신이 마치 사띠라도 된 것 같았다.

"만약 빤옷이 사띠를 좋아하지 않는다면 어떻게 하지?"

목화의 걱정에도 왕하오는 한동안 침묵했다.

"모카! 우린 이 문제를 어떻게 할 수 없어. 사띠 한 사람의 문제가 아니고 두 집안의 문제야."

"연구해 보면 방법이 있을 거야. 생각해봐."

목화는 포기하지 않고 말했다.

"……"

"사띠에게 행복을 찾아 줄 수는 없을까?"

나중에 알게 된 일이지만 전통적으로 파혼은 집안의 수치로 생각하는 모양이었고, 남은 가족들은 결혼하기가 쉽지 않다고 했다.

알라의 뜻

숙소에서는 인터넷 접속이 잘되지 않아 목화는 사무실로 가야 했다. 도착하자마자 컴퓨터를 켠 다음 커피를 내렸다. 커피를 마시며 먼저 국내 뉴스를 대충 훑어본 후 골프 예약이 있는지 확인했다. 전화벨이 울렸지만 유선 전화는 말레이시아 국내 전화가 대부분이었다. 비수기인 7월 말과 8월 초에는 국내 여행사에서 골프 여행 세일 상품을 팔았다. 저렴한 가격대라 가끔 단체 관광 손님들이 심심찮게 들어왔다. 홈피 질문란에는 계절에 알맞은 옷차림이라든가, 음식에 대한 문의가 많았다. 목화는 답신을 쓰느라 손이 바빴다.

노크 소리가 조심스럽게 두 차례 울렸다. 사장은 일주
일 뒤에나 돌아올 예정이었다. 사무실 양쪽 창문은 블라
인드가 내려져 있었고 사무실 문 앞에는 폐점(closing)
문자까지 걸어 두었기 때문에 그녀가 사무실에 있다는
것은 아무도 알 수 없었다. 누가 방문했다 하더라도 돌
아갈 것이다. 그녀가 사무실 안에 있으리라고 생각할 수
있는 사람은 사띠나 왕하오밖에 없었다. 문이 열리는 소
리에 목화는 그제야 고개를 들었다. 뜻밖에도 자밀이 안
으로 들어오고 있다. 목화는 가슴이 덜컥 내려앉았다.
그는 함박웃음을 지으며 들어왔다. 목화는 몸이 얼어붙
는 느낌이었지만 양손으로 책상을 짚으며 자리에서 벌
떡 일어났다.

"모카, 잠깐만!"

목화는 자리에 선 채 자밀을 똑바로 바라봤다.

"잠깐이면 돼."

그는 침을 꿀컥 삼켰다.

"모카! 내가 모카를 얼마나 사랑하는지 모르겠어?"

자밀이 그녀의 시선을 똑바로 붙든 채 어르듯이 부드

럽게 말했다.

"당신이 이곳에 없는 동안 얼마나 그리웠는지 몰라. 나와 결혼해 줘. 무슨 말을 들었는지 모르지만…… 난 단지 아내가 한 명뿐이야. 그러니까 너와 결혼할 수 있이."

"?"

순간, 목화는 뒤로 넘어질 뻔했다. 눈앞의 사물이 그림처럼 아득하게 느껴졌다. 잠시 뒤에는 분노가 폭풍처럼 온몸을 휩쓸었다.

목화는 눈을 부릅뜨고 그를 쳐다봤다. 그는 울 듯한 표정으로 그녀를 주시했다. 그녀는 그 표정이 뻔뻔스럽고 저주스러웠다.

"결혼할 수 없는 이유를 말할게. 난 한국에 결혼을 약속한 사람이 있어. 그러니까 너와 결혼할 수 없어. 만나고 싶지 않으니까 다시는 내 앞에 나타나지 마!"

목화는 그를 쏘아보며 칼날처럼 날카롭게 말했다.

"모카! 우리의 결혼은 알라의 뜻이야. 인샬라."

목화는 불현듯 두려운 생각이 들었다. 두모 오빠의 말

이 이런 뜻이었구나.

"오늘이 마지막이야. 다시는 볼 일 없을 거야."

목화는 자신이 어떻게 숙소로 돌아왔는지 기억나지
않았다. 침대에 쓰러져 한동안 일어나지 못했다.

실수가 이렇게 끔찍한 일이었구나.

목화는 간신히 숨만 내쉬고 있었다. 이렇게 어리석을
수도 있구나. 갑자기 이 나라가 낯설고 무서웠다.

하루가 지났지만 목화는 자리에서 일어나지 못했다.

그녀는 사람을 만나는 일이 두려웠다. 자밀이 결혼했
을 것이라고는 상상도 하지 못했다. 골프를 가르칠 때
면 그녀와 시선을 마주치지 않으려고 애쓰는 모습이거
나 시선을 어디에 둘지 몰라 당황할 때면 목화는 더 짓궂
게 그를 바라봤다. 반듯한 외모, 얇게 다듬은 턱수염, 두
툼하고 선명한 입술선은 육감적이기까지 했다. 걸을 때
조차도 그에게선 건강미와 에너지가 넘쳤다. 그런 모습
이 자신도 모르게 빠져들었던 모양이었다. 어쩌면 이 모
든 일이 자밀보다는 자신의 실수가 더 컸던 것 같았다.

이슬람법에 네 명까지 아내를 둘 수 있단 말은 이미 들어서 알고 있었다. 그런데도 자밀이 혼인했으리라곤 꿈에도 생각하지 못했다.

그렇다면 왕하오는?

*

목화는 입국한 손님을 맞기 위해 클럽하우스로 나왔다가 로비에서 신문을 보고 있는 자밀을 보았다. 섬뜩한 느낌이 들었다. 자밀이 그녀를 포기하지 않고 기다리고 있는 것이 분명했다. 프러포즈 이후 로비에서 이미 그를 몇 번 본 적이 있었으나 이렇게 집요할 줄은 몰랐다.

자밀은 그녀에게 아는 체를 하거나 다가오지는 않았다. 다행이란 생각이 들었다. 그는 그녀를 기다리고 있는 것이 분명했다. 그렇지 않고서야 그가 이 늦은 시간에 이곳에 있을 이유가 없었다. 목화는 불길한 예감이 들었다. 자정이 지나 손님들이 도착할 텐데 그 시간까지 기다리려면 무려 다섯 시간은 족히 기다려야 했다. 방에 들어가 한잠을 자고 나오거나 TV를 시청하거나 독서를 해도 넉넉한 시간이었다. 그런데 숙소로 돌아가다간 자밀에게 거처를 들킬 것만 같았다. 망설이고 있을 때 마침 왕하오가 퇴근하는 길이라며 문자를 보냈다. 그가 차에서 기다리겠다는 연락이었다. 목화는 문자를 받자마자 주차장 쪽으로 향했다. 자밀이 뒤따라온다 해도 어쩔 수 없을 것이란 생각이 들었다. 차라리 잘된 일이란 생각이 들었다. 왕하오가 문을 열고 밖으로 나왔다. 그녀는 차 안으로 들어갔고 왕하오도 따라 들어왔다.

"빠웃은 만나봤어?"

"응, 빠웃은 태국사람이었어. 결혼해서 두 아이가 있어. 고국으로 돌아가면 식당을 개업할 생각으로 열심히 일하고 있어……"

"그럼 사띠는 어떻게 해?"

"사띠를 구할 방법이 있긴 한데, 워낙 예민한 일이라……"

왕하오는 이 일에 매우 신중한 태도를 보였다. 어떻길래 저러지?

"그게 뭔데?"

목화는 조르다시피 끈질지게 물었다.

"말했던 것처럼 두 집안 문제라, 워낙 심각한 사안이다 보니⋯⋯"

"아무리 심각해도 그렇지 평생을 희망 없이 살아야겠어? 방금 사띠를 구할 방법이 있다잖았어?"

목화는 자신도 모르게 왕하오를 몰아붙였다.

"생각해봤는데 구할 방법 하나는, 사띠가 원할 경우야. 사띠가 해외로 도망치는 거야."

"해외? 어디? 태국?"

"오늘 아침, 내가 호주에서 일했던 빵 가게 사장에게 전화했어. 가게에서 일할 적당한 사람이 있는데 받아줄 수 있는지 물어봤거든."

"받아줄 수 있대?"

"나의 추천이라면 받아주겠대."

"우하! 그럼 된 거네."

목화는 손뼉을 치며 소리쳤다.

"하오가 사띠를 살렸네. 고마워."

"아직은 그 일을 사띠가 원할지 원하지 않을지 모르잖아."

왕하오는 안심한 표정이 아니라 오히려 염려스럽단 음성으로 말했다.

"모카! 사띠 걱정 그만해. 요즘 네 얼굴색이 안 좋아? 힘도 없어 보이고, 어디 아프니? 병원에 가봐야 하지 않겠어?"

그가 걱정스러운 얼굴로 물었다.

목화는 피가 모조리 얼굴로 쏠리는 것을 느꼈다.

"하오, 나 다른 곳에 취직할까 봐."

"어디?"

그가 화들짝 놀랐다.

"말레이시아에 있는 한국회사 S사, L사든지, 시험공부를 할 건데 공부에 몰두할 수 있게 도와주면 안 될까? 공부할 땐 전화를 꺼둘거야. 그리고 음식도 집에서 해 먹을 거야. 도와줄 수 있지?"

그녀는 속사포처럼 말했다. 그가 잠시 침묵했다.

"내가 어떻게 도와주면 돼?"

"공부할 시간이 부족하니까 보고 싶어도 당분간은 참아야 해. 전화 꺼져 있음 공부하는 시간이야. 쉬는 시간에 내가 전화할게."

"그럼 볼 시간이 없잖아. 내가 음식을 만들어 가져다주면 안 될까?"

"안돼. 약속할게, 하루에 한두 번씩은 반드시 전화할 거야. 외출할 땐 전화해서 네 차를 이용할 거고. 보고 싶음 언제든 전화할게. 오케이?"

"하루에 한 번은 만나자. 인샬라."

"노력할게. 한 달 후에 시험이 있다니까 그때까지만 도와줘. 약속할 수 있지?"

왕하오는 대답 대신 목화의 찬 손을 잡았다. 그는 안타까운 얼굴로 그녀를 끌어안았다.

"도울게, 하지만 할 달만 참을 거야."

목화는 왕하오의 어깨를 안았다.

"약속할게. 한 달만 기다려줘."

그가 고개를 끄덕인 뒤 차를 몰았다.

"리조트와 빌라를 두 바퀴만 돌아서 숙소 앞에 세워

쥐.”

목화의 말에 왕하오가 빙긋이 미소 지으며 그녀를 돌아봤다.

“웬일이니?”

왕하오가 기분 좋은 음성으로 묻는다. 행여 자밀이 보고 있을까 봐 염려되어 숙소 쪽으로 곧장 가기보다는 돌아갈 생각으로 했던 말인데 그가 몹시 반가워한다.

어제 카페 앞에서 왕하오와 마주쳤다. 그가 미소 지으며 다가왔을 때 목화는 그의 흰색 셰프복에 구토를 할 뻔했다. 그의 옷에서 달달하게 풍기는 빵 냄새 때문이었다. 그 일을 겪고 나서 그를 멀리할 방법을 생각해낸 것이 취직시험이었다. 구차한 방법이긴 했지만 사장이 입국할 때까지는 버텨야 했다.

일주일이면 모든 일이 정리될 것이다.

목화는 왕하오와 헤어질 것을 생각하니 걷잡을 수 없이 눈물이 쏟아졌다. 마지막이 될 것이라는 예감 때문이었다.

다음 날, 목화는 사띠를 만나 그녀의 의향을 묻기 위해 아침 일찍 사무실로 출근했다.

웬일인지 사띠가 보이지 않는다. 지금쯤 레스토랑을 청소할 시간인데도 그녀의 모습은 볼 수가 없었다. 목화는 귀국하는 손님들의 항공권을 확인하느라 직원과 통화 중이었다. 그녀는 통화하면서도 가끔 고개를 돌려 레스토랑을 내다보곤 했다. 남자 직원만 테이블을 훔치는 모습이 보였다.

점심시간에도 사띠는 보이지 않았다. 목화는 궁금증이 일어 남자 직원에게 묻지 않을 수 없었다. 사띠는 오늘 휴가라고 했다. 걱정되어 전화라도 해볼까 생각했으나 목화는 그녀의 전화번호조차 모르고 있었다. 남자 직원도 그녀의 전화번호를 알고 있지 않았다. 그녀는 사띠가 걱정되어 일이 손에 잡히지 않았다.

그 와중에도 속은 울렁거리며 구토가 일었다. 목화는 콜라를 집어 들었다. 요즘 그녀는 식당에 가기도 두려웠다. 음식만 보아도, 냄새만 맡아도 구토를 감당하기 어려웠다. 왕하오가 눈치챌까 봐 그를 만나기도 겁이났다.

사표, 귀국······ 앞일이 눈앞에 훤히 보이는 것 같았다.

갑작스러운 메스꺼움에 목화는 화장실로 달려가 한참을 토하고 나니 눈앞이 어지럽다. 눈물 콧물까지 씻어내고 자리로 돌아오기까지 한참이 걸렸다.

목화는 그런 자신이 역겨웠다.

행복했던 시절은 언제였을까?

생각해보면 그녀가 가장 행복했던 시절은 어릴 적 시골집에서 할아버지와 할머니와 함께 살던 때였다.

시골집은 마을 한가운데 있었다. 목화는 할머니를 졸졸 따라다녔고 오빠는 축구를 좋아해서 날마다 운동장에서 살다시피 했다. 저녁 식사 때에도 오빠가 집에 들어오지 않으면 목화는 오빠를 찾으러 학교 운동장으로 갔다. 어스름이 되어서야 겨우 집으로 돌아오곤 했다.

목화가 학교에서 돌아왔을 때 집안에 할머니가 안 계시면 텃밭이나 마을회관으로 찾아 나서곤 했다.

봄이면 할머니는 쑥을 캐서 쑥버무리를 해주었는데 어찌나 맛이 좋던지, 달디단 과자보다 열 배는 더 맛있다고 생각했다. 할머니는 쑥버무리를 자주 만들어 주었다. 목화는 지금도 떡만 보면 쑥버무리가 먼저 생각났고 가장 맛있는 떡을 꼽으라면 단연 쑥버무리였다.

늦가을이면 할아버지, 할머니는 마당의 감나무에서 빨갛게 익은 감을 따서 항아리 속에 넣어 두었다가 겨울이면 붉은 홍시를 꺼내 가져다주곤 했다. 물렁물렁한 홍시를 입으로 쭉 빨아먹을 때의 시원하면서도 달달한 맛은 세상에서 최고의 맛이었다.

농사를 지으시던 할아버지와 할머니는 봄이면 고추, 가지, 오이, 호박 등의 모종을 심었다. 한번은 모종을 심고 집으로 돌아온 할머니는 남은 모종을 이웃집에 가져다주라고 심부름을 시켰다. 옆집 할머니는 모종을 모두 심었으니 가져가라고 말했다. 목화는 모종을 가지고 집으로 돌아왔다. 할머니는 마루에서 마늘을 다듬고 있었다.

"할머니! 모종을 다 심어서 필요 없대요. 버릴까요?"

"아서라. 살아있는 것은 버리는 것이 아니다. 가지와 호박 모종은 토실 댁에 갖다 주고, 오이 모종은 상촌 댁에 갖다 드리고 와. 아직 안 심었을 것이다."

"할머니, 가기 싫어."

"목화야. 낼 비가 온다니께 오늘 심어야 모종이 더 잘 살아. 한 번만 더 댕겨오믄 안 되것냐?"

"살아있는 것이 뭐 신디? 이까징 것이 뭣이 중헌디?"

"버리면 아깝지야. 우리 강아지가 고단한가 보구나, 내가 갔다 오마."

할머니가 가겠다는 말에 목화는 모종을 가지고 뒤돌아서 마당을 달려나갔다. 골목 끝에서 꺾어 가면 상촌 댁이었다.

"할머니한테 고맙다고 전해라, 목화는 심부름도 잘하네."

상촌 댁은 목화의 머리를 쓰다듬으며 칭찬해 주었다. 그 한마디에 신이 난 목화는 토실 댁까지 뛰어갔다. 갑자기 비가 내렸다. 목화는 비를 맞으며 마당으로 들어갔다.

"오매, 우리 강아지 왔구나. 잠깐만 기다려라잉."

토실 댁은 방에서 뭔가를 들고 나오더니 어린 목화의

손에 과자를 쥐어주었다. 목화는 좋아서 뛰어가던 길에 떨어뜨렸던 모종을 주워서 다시 가져다주고 뜀박질하여 돌아왔다.

"할머니! 할머니, 토실 댁 할머니가 과자 줬어. 여봐."

목화는 자랑스럽게 손을 펴 보였다. 과자 한 개는 할머니 입에 넣어주고 한 개는 목화가 먹고 하나 남은 과자를 들고 목화는 난감했다.

"할머니, 한 개가 남었는디 할아버질 줄까, 오빠를 줄까?"

"오빠 줘야지, 우리 목화는 심부름도 잘 허고 착혀서 앞으로 큰사람이 될 게야."

목화는 큰사람이 어떤 사람인지도 모르면서 막연히 아주 착한 사람일 거라고 생각했다.

"할머니! 심부름시킬 것 더 없어?"

"내 강아지 심부름하느라 비를 흠뻑 맞었구나. 고생했다. 인제 그만 들어가자."

할머니는 목화를 안아주며 등을 토닥였다.

목화는 갑자기 등이 따뜻해지는 것 같았다.

"엄마! 엄만 언제 젤 행복했어?"

"엄마 아빠 어릴 때는 모두 다 가난했어. 농사지을 땅이 없어서 엄마 아빠는 공장에라도 들어가 볼 요량으로 무작정 서울로 올라갔단다. 고향 선배 덕분에 아빠가 공장에 들어가게 됐어. 그런데 혼자 벌어서는 너희들 공부도 못 시키겠단 생각이 들어서 네가 세 살, 오빠가 다섯 살이 됐을 때 어린 너희들을 시골 할아버지 할머니에게 보냈어. 그 뒤에 엄마도 공장에서 일하게 됐단다. 오빠가 중학교에 들어갔을 때 너희들을 데려와 함께 살려고 공장 앞에 구멍가게를 냈단다. 가게 하나와 방 하나가 전부였지만 함께 살게 되어 엄마는 그때가 가장 행복했단다. 아빠가 그놈의 빚보증만 안 섰어도 너희들을 이렇게 고생시키진 않았을 것인디."

고향 생각을 하다 보니 불현듯 가족들이 그립다. 엄마가 그녀를 임신했을 때도 이렇게 힘들었을까?

오랜만에 엄마와 통화를 했다.

엄마 모해? 날씨가 추워서 꼼짝 않고 누워있다. 어디

아프냐? 목소리가 힘이 없다. 괜찮아. 엄마가 누워 있는 걸 보니 엄마가 아픈 것 같은디? 몸살 기운이 쬐끔 있다야. 엄마보단 니가 감기 걸린 것 같은디? 아녀, 자고 낫드니 코가 맹맹해서 그래. 여긴 에어컨 바람 땜에 그래. 에어곤 너무 좋아하시 마라, 음식은 잘 주냐? 엄마, 먹는 것은 걱정 말라고 했잖여. 벌써 백 번은 더 들었어.

목화는 엄마를 실망시킬 생각을 하니 목이 메었다.

*

비수기임에도 여행사를 통해 뜻밖의 손님들이 한 팀 도착했다. 오십 대로 보이는 그들은 도착하자마자 클럽 하우스 앞에서 사진을 찍으며 시끄럽게 웃고 큰소리로 얘기를 나눴다. 삼박 사일 단기 손님들이었다. 이 주전 아내의 생일을 맞이하여 이곳으로 오게 됐다는 중년의 아저씨는 아내를 위해 서프라이즈를 준비하고 있다고 했다. 그는 현지에서 준비물을 미리 마련해 줄 수 있는 지 물었다. 아저씨는 아내에게 생애 최고의 날로 만들어

주고 싶다고 했다. 그의 요구 사항은 올드했지만 귀엽고 재미있었다. 침대에 미리 꽃잎을 뿌려달라고 하는가 하면, 입실 한 시간 후에는 꽃과 케이크를 방으로 가져다 달라고 부탁했다. 그는 공항에 도착해서도 카톡을 보내왔다. 아내를 위해 서프라이즈를 하려는 남편의 배려심에 목화는 감동을 느꼈다. 울렁거리는 속을 다스리느라 괴로워하면서도 세심하게 모든 준비를 마쳤다. 친구 사이라는 두 부부 중 한 아저씨가 목화의 앞을 막아서며 명함을 내밀었다. 그는 준비가 끝났는지 속삭이듯 물었다. 그녀가 고개를 끄덕이자 그는 만족한 미소를 지은 뒤 아내에게로 갔다.

단기 체류 손님들은 기간이 짧아서 도착하자마자 골프를 하겠다고 나섰다. 그들은 18홀을 거뜬히 돌았다. 이 좋은 골프장에서 실컷 골프를 해보는 것이 희망이었으니 봉을 빼고 가야 하는 것 아니냐고 반문했다.

손님들이 입실하고 난 뒤 목화는 음식 냄새가 폴폴 새어 나오는 사무실에 앉아 있기가 힘들었다. 콜라를 손에 들고 야외 카페로 나왔다. 다행스럽게도 콜라가 그녀의 속을 다스려줄 때도 있었다.

그녀가 보낸 문자를 받고 왕하오가 다가왔다. 순간, 울컥 올라오는 구토에 목화는 화장실로 달려갔다. 한참을 토하고 입안을 헹구고 나서 거울을 보니 얼굴이 창백하다.

"모카! 어디 아픈 거니?"

왕하오가 기다리고 서 있다가 물었다. 그의 셰프 복장에 배인 음식 냄새 때문이었다.

목화는 대답에 앞서 콜라를 먼저 마시며 그를 바라봤다. 눈물이 차올랐다.

"체했나 봐. 조금 있음 괜찮아질 거야."

"음식을 만들어 먹는다더니 먹지 않고 지냈구나. 얼굴이 핼쑥해."

"아니야, 계절을 타서 그래."

"그게 뭔데? 안 되겠다. 내가 음식을 해서 날라야지."

안타까워하는 그의 표정을 보며 목화는 막다른 골목길에 다다른 느낌이었다. 이제는 더 버틸 수 없겠다 싶었다. 목화는 이 상황이 견딜 수 없어 화가 났다.

"소화가 잘 안 되어서 그러니까 염려하지 않아도 돼."

목화는 억지로 미소를 지어 보였다. 미소를 짓는 것도 힘이 드는 일이라는 것을 처음 알았다. 그는 목화의 모습이 안 되어 보이는지 불안한 눈길로 그녀를 바라봤다.

*

목화는 사띠를 도와줄 수 있는 소식으론 꽤 괜찮은 일이라고 생각했다. 그녀는 사띠가 기다려졌다. 그녀의 반응도 궁금했다.

닷새째 사띠는 출근하지 않았다. 혹 도망간 것은 아닐까? 온갖 추측이 난무했지만 그녀로선 어떻게도 할 수 없는 처지였다. 사띠를 찾아보고 싶다는 말에 왕하오는 신중할 필요가 있다며 한사코 말렸다.

그날 오후 왕하오가 어두운 얼굴로 사무실로 들어왔다. 사띠가 자살했다고, 회사로 연락이 왔다고 했다. 순간 목화는 가슴이 철렁 무너져내렸다. 그날 사띠에게 문제를 해결할 방법을 함께 연구해 보자고 희망을 심어주었더라면…… 아니면 그녀가 사띠네 집으로 찾아가서 왕하오의 얘기를 전했더라면.

죽음을 선택할 수밖에 없었던 사띠를 생각하니 목화는 안타까운 마음을 감당하기 힘들었다. 불현듯 속이 메슥거린다. 이제는 시도 때도 없이 막무가내 구토가 일었고, 그녀는 견디지 못하고 화장실을 향해 달렸다.

*

목화는 한 사장이 입국하면 사무를 인계하고 곧바로 귀국할 생각이었다. 뜻밖에도 사장이 사모님과 함께 하루를 앞당겨 입국했다. 사장은 또 다른 골프장을 인수할 계획이라고 말했다.

인수할 골프장의 규모는 이 레저타운보다 규모는 작지만, 골프 코스는 이곳보다 더 많은 네 개의 정규 홀을 갖춘 곳으로 쿠알라룸푸르와 가까운 곳이라고 했다. 사장은 그곳까지 인수하게 되면 일이 바빠질 것이라며 목화의 도움이 필요하다고 말했다. 목화는 그 말에 하려던 말을 꺼내지도 못하고 사장의 얘기가 끝나기를 기다렸다. 사장의 눈빛은 사업에 대한 야망과 영업에 대한 계획으로 활활 불을 뿜었다. 사장은 무엇보다 돈에 관한 한 잔머리가 치밀했다.

"나 없는 동안에도 카페(인터넷)를 새로 단장하고 새로운 사진으로 교체해 놓으니 새 골프장처럼 산뜻하고 보기 좋았어. 이 대리가 생각보다 재주가 좋아. 이 대리 덕분에 영업이 훨씬 쉬웠어. 새 골프장 계약이 성사되면 이 대리가 인터넷 카페를 새로 만들어야겠어. 미리 구상해 두도록 해요."

"전문가에게 맡기시면 훨씬 세련되고 아름답게 꾸며줄 거예요. 사실 제가 만든 건 겨우 기본적인 거예요."

"무슨 소리야. 그런 말 말고 이 대리가 미리미리 구상을 좀 해놓는 게 좋겠어. 난 이 대리만 믿어요."

사표를 내겠다고 말하면 무슨 이유냐 물을 테고, 거짓말을 하기도 마땅치 않고 망설이는 사이 사장은 사모님과 함께 외출했다. 목화는 곧바로 숙소로 돌아왔다. 짐을 정리하고 있을 때 왕하오가 식사하러 오지 않느냐고

문자를 보냈다. 그녀는 거짓말을 하기도 싫었지만 어떤
얘기도 나눌 기분이 되지 못했다. 그녀는 전동카를 타고
A 코스를 서너 바퀴 돈 후 숙소로 돌아왔다.

목화는 저녁 식사에도 나가지 않았다. 왕하오가 숙소
앞에서 전화하고 문자를 보냈지만 돌려보내야만 했다.
감기가 오려는지 으슬으슬 추위가 느껴졌다. 목화는 식
사 대신 와인을 몇 잔 마신 뒤 이불을 뒤집어썼다.

다음 날, 목화는 사장의 호출에 써두었던 사표를 호주
머니에 넣고 사무실로 나갔다.

"계약은 하셨어요?"

"영업 타당성 조사를 더 해봐야 할 것 같아. 연 매출을 내
가 아는 루트로 확인하고 있으니까 조만간 답이 올 거
야. 그건 그렇고 이 대리, 나 없는 사이에 좋은 일이 많았
던 모양이야."

한 사장은 무슨 말을 하려는지 빙글빙글 웃으며 그녀
를 보았고 그녀도 사장을 마주 봤다.

"베이커리 왕하오 셰프하고는 어떤 사인가?"

"무슨, 말씀이세요?"

"내가 한국에서 돌아온 날 왕하오 씨가 쭈뼛거리며 사무실로 들어오더니 궁금한 것이 있다고 묻는 거야. 뭐냐고 물었더니 한국에서는 결혼을 어떻게 하느냐고 자세히 묻더라고, 간단히 얘기해 줬지. 내가 한국 여성과 결혼하고 싶어서 그러냐고 물었더니 처음에는 웃기만 하고 말하지 않더라고. 그러더니 오늘은 시간을 좀 내달라고 하는 것이었어. 뭐냐니까 이 대리와 결혼하고 싶다며 나에게 중간에서 다리 역할을 해 달라고 부탁을 하는 거야. 이 대리 생각이 먼저니까 솔직하게 말해봐요. 왕하오 씨는 이 대리를 엄청 사랑하고 있는 것 같았어."

"수고하실 필요 없어요."

"얘기를 나누다 보니까 사람은 진실해 보였어. 그렇게 내치지 말고 차분히 이 문제를 깊이 생각해보도록 해요."

"왕하오 씨가 뭔가 잘못 생각하고 있나 봅니다."

"그래? 그렇지, 나도 같은 생각이 들긴 했어. 그렇지만 벌써 두 번씩이나 나를 찾아와서 부탁하는 걸 보면…… 괜찮은 사람인 것 같아. 그러니 고민해 봐요."

"듣지 않은 거로 할게요."

"그렇다면 오해가 없도록 당사자를 만나 확실하게 말해야 할 거야."

사정은 시종 목화의 표정을 유심히 살폈다. 목화는 털썩 주저앉을 것만 같아서 다리에 힘을 모았다.

왕하오는 결혼할 생각이 분명했다. 그렇다면 아직껏 결혼을 안 했단 것일까? 아니면 그도 자밀처럼 몇 번째 아내가 되어달라고 말하려는 것일까? 이 나라는 보통 스물서넛이면 결혼을 한다고 했다. 스물여덟이면 왕하오도 이미 결혼적령기를 넘었다. 더욱이 왕하오는 그녀보다 네 살 연하였다. 사랑 하나면 그만이라고 생각했는데 막상 결혼을 생각하니 생각하면 할수록 어렵고 답답했다. 그가 무슬림인 것 또한 그녀가 감당하기에는 너무나 벅찬 일이었다.

식사가 끝나면 금세 체한 듯 답답했다. 목화는 또다시 소화제를 찾아 먹었다. 임신으로 신경을 너무 많이 쓴

탓이라고 생각했다. 요즘은 음식을 먹지 않는 게 오히려 위장이 편한 것 같기도 하고 그렇지 않은 것 같기도 했다.

그녀가 망설이고 있는 사이 몸에서는 잔인하게도 생명이 자라고 있었다. 원하지 않는 생명이 자신의 몸에서 자라고 있다는 것은 공포에 가까운 두려움이었다.

인터넷을 찾아보니 그녀의 신체는 임신 초기 증세 중 하나라고 적혀 있었다.

목화는 노란 햇빛 속으로 발걸음을 옮겼다. 태양이 온몸을 휘감았다. 땀이 솟는다. 그녀는 바기 스테이션으로 가서 전동카에 몸을 실었다.

카트 도로를 따라 C 코스를 향해 무작정 달렸다. 후덥지근하면서도 상쾌한 바람이 분다. 그러나 숲을 빠져나오면 태양은 지글지글 모든 것을 태워버릴 듯이 뜨겁다. 공기는 찜질방의 열기처럼 느껴진다. 다리를 지나 언덕을 넘어가다 목화는 6번 홀 타석 부근에서 문득 멈췄다.

두세 달 전, 선두의 티샷을 바라보다가 주위를 둘러보던 목화는 우연히 두 그루의 나무에 시선이 꽂혔다. 이름도 모르는 사철나무 두 그루 중 한 그루는 이미 고사한 상태였고, 다른 한 그루는 넝쿨 식물이 밑동에서부터 줄기의 맨 윗부분까지 친친 감고 있었다. 밑동은 그녀의 몸통보다 더 두꺼웠고 줄기는 여러 갈래로 뻗어 있었는데, 그 중 두 개의 줄기는 썩어서 부러지고 남은 줄기는 하늘을 향해 뻗어 있었다. 그 줄기 끝부분에는 몇 개 안 되는 초록색 이파리가 매달려 있었고, 나무는 넝쿨 식물에 의해 서서히 죽어가고 있었다. 목화는 넝쿨 식물을 모조리 걷어내고 싶었지만 엄두도 낼 수 없었다.

사철나무는 여전히 그 자리에 서 있다. 그동안 고사했으리라고 생각했는데 두 줄기는 살아있다. 뜨거운 태양과 기생 식물 속에서 얼마나 버틸 수 있을까? 죽은 나무와 죽어가는 나무 사이에서도 주변의 모든 식물은 태양에너지에만 무섭도록 뜨겁게 반응하고 있었다. 문득 고시원 부근의 소나무가 생각났다.

한번은 경호와 편의점에서 낮술을 마셨다. 아마도 취직시험에 떨어졌던 날이었을 것이다.

"괜찮아."

경호가 먼저 했던 말인지 그녀의 말이었는지.

"괜찮아, 슬퍼하지 마. 취준생이면 누구든 겪어야 하는 일이잖아."

소리와 눈물이 소주잔으로 떨어졌다. 그녀는 눈물을 마시느라 경호를 외면했다.

"괜찮아, 울지마."

그녀가 수없이 먹고 마셨던 말이 소주잔 속으로 또, 뚝, 떨어졌다. 아무도 없는 곳에서 혼자 했던 말을, 대낮에 사람들이 오가는 편의점 앞에서, 경호가 있는 자리에서도 하고 있다.

'괜찮아, 울지마.'

목구멍 속에 수없이 쑤셔 넣었던 말, 생각해보니 혼자서 너무 오랫동안 먹었던 말을 경호와 나누어 먹고 있다.

이제는 눈물샘을 감당하기 어렵다. 술을 마시는 척 잔을 꺾으며 하늘을 쳐다봤다. 소나무 가지가 희미하게 눈에 들어왔다. 그녀는 카페 쪽으로 얼굴을 돌리며 슬쩍 눈물을 훔친 후 다시금 소나무를 쳐다봤다. 은하수 불빛이 없는 소나무의 모습은 참담했다.

"소나무도 참 안됐지? 꼼짝할 수 없는 처지가 우리와 닮았어."

목화는 소나무를 쳐다보며 말했다. 경호가 그제야 고개를 들어 소나무를 올려다봤다.

"밤에는 보이지 않던 소나무가 낮이 되니 보이네. 저렇게 많은 전깃줄로 몸뚱이를 묶어 놓다니…… 묶어 놓은 것만이 아니고 자라지도 못하게 아주 꽁꽁 묶어 놨그만. 저렇게 묶어두면 머잖아 전깃줄이 몸뚱이를 파고들 거야."

"왜?"

목화는 소나무를, 아니 하늘을 쳐다보며 무심한 목소리를 가장한 채 물었다.

"몸이 커져도 전깃줄은 그대로잖아. 시름시름 앓다가 죽겠지. 밤마다 전기고문을 받는데 죽지 않고 살겠니?"

"끔찍한 소리 그만해!"

목화는 자신도 모르게 소리쳤다.

목화는 이제, 아니 이 나라에서는 그녀가 설 자리가 없
었다.

알바를 하다가 일자리를 잃거나, 일자리를 찾지 못하
고 이곳저곳 돌아다니다 끝내 일을 얻지 못하면 도망치
듯 시골집으로 향하곤 했다.

한번은 엄마가 고구마 순을 가지고 밭으로 나갔다. 목
화도 엄마를 따라나섰다. 그녀는 엄마가 가르쳐준 대로
고구마 순을 두둑에 심었다. 한 뼘 남짓한 길이로 잘린
고구마 순이었다. 한참 동안 고구마 순을 심고 나자 엄
마는 가져왔던 새참을 꺼냈다. 밭두렁에 앉아 엄마와 함
께 새참을 먹고 있었다. 눈앞에는 이미 심어놓은 고구마
순이 두둑에서 축 늘어져 영락없이 말라 죽어가고 있었
다.

"엄마! 고구마 순이 다 죽었어."

목화는 안타까운 마음에 소리쳤다.

"안 죽어야. 저렇게 축 늘어져 있제만 다 살아나야. 고

구마 순은 땅에 심어놓기만 하면 뿌리를 내리고, 땅속에다 고구마를 주렁주렁 키워놓는 당께. 내가 알기로 고구마 순처럼 질기고 강한 생명은 없는 것 같어야. 고구마는 흔한 식품이라 하찮게 보제만, 열매와 줄기를 먹게 해주는 고마운 식물이여."

엄마는 힘주어 말했다.

"사람도 고구마 순처럼 질기고 강해야 살아남는 거여. 너도 마찬가지고, 서울서 살라믄 강해야 산다."

엄마는 그녀가 왜 시골집에 내려왔는지 이미 알고 있는 것 같았다.

*

항공권 예약도 끝났다. 목화는 여행용 가방 두 개에 짐을 싸기 시작했다. 버릴 물건부터 정리하고 보니 생각보다 짐이 많지 않았다. 방 안을 청소하고 있을 때 왕하오로부터 연락이 왔다. 숙소 앞 주차장에 있으니 잠깐만 나와 달란다. 뭔가 낌새를 느꼈을까, 목화는 당황스러웠다. 그녀는 목부터 축이고 콜라병을 손에 든 채 밖으로 나갔다. 현관 앞에 이르자 싸르락 싸르락, 바람 소리가 들린다.

"모카! 바람이나 쐬러 가자."

그가 승용차에서 내리며 상기된 얼굴로 말한다. 퇴근하는 길인지 옷을 말끔하게 갈아입은 단정한 모습이다. 물에 젖은 듯한 앞 머리카락이 바람에 날린다. 비누 향기가 날아올 것 같다고 생각한 순간, 울컥 입안에서 신물이 돈다. 그녀는 자신도 모르게 돌아서며 콜라병으로 입을 틀어막듯이 콜라를 마셨다. 울렁거리는 속을 다스리기엔 역부족이다.

"무슨 일이야?"

목화는 돌아서며 간신히 물었다.

"요즘 얼굴이 창백하고 힘이 없어 보여. 그렇게 기운이 없어서 공부하겠니?"

"가만히 앉아 있으니까 소화가 안 돼."

목화는 그를 향해 활짝 웃어 보였다. 웃는데 갑자기 눈물이 차오른다.

"먹을 걸 좀 준비해 왔어. 먹으면서 공부해 알았지?"

아무런 의심 없이 믿어주는 그가 안쓰러워 오열을 참고 있는데, 뱃속에서는 위가 뒤집히는지 또다시 입안에 신물이 고인다. 목화는 콜라를 또 한 모금 마신다.

"고마워. 담엔 만들지 마. 가끔 식당으로 가서 먹을게."

"꼭 그렇게 해. 모카, 나 지금 고향 집에 갔다 낼이나 모레 올 거야."

음식을 전해주려고 온 모양이었다. 그는 어느새 일상을 애기할 정도로 가까이 와 있었다. 목화는 그와 마지막이라고 생각하니 엄청난 아픔이 가슴을 조여왔다. 그가 작은 상자를 내리자 그녀는 메스꺼움을 견디기 어려웠다.

"잘 다녀와."

목화는 왕하오의 애기도 귀에 들어오지 않았다.

"보고 싶을 거야."

금세 미소가 번져 있는 그의 얼굴에는 무슨 생각을 하는 건지 행복으로 가득했다. 목화는 왕하오가 왜 집에

가는지 궁금하기보다는 울렁울렁 토할 것 같아 제정신
이 아니었다.

"조심히 잘 다녀와."

목화는 왕하오를 떠밀듯이 말했다. 그가 운전석에 앉
자 목화는 문을 닫아주고 열린 창문 안으로 고개를 숙여
그의 한쪽 볼에 입맞춤했다. 그러자 그가 고개를 돌렸
다. 왕하오의 입술이 그녀의 입술을 스쳤다. 안녕! 속으
로만 외쳤을 뿐인데 가슴이 먹먹해진다. 그녀는 얼른 상
자를 들고 돌아섰다.

귀국

목화는 왕하오에게 더이상 입덧을 감추기 어려웠다. 아무것도 모르는 그에게 가장 먼저 탄로가 날 것 같았다. 그는 여전히 자상하고 따뜻하게 그녀를 대했다. 그 일이 오히려 그녀를 힘들게 했고 압박감마저 느꼈다. 그러나 막상 귀국하려고 생각하니 왕하오를 보지 않고도 살 수 있을지 의문이었다. 종교가 아무리 무서워도 견딜 수 있을 것 같았다.

그녀가 말없이 떠난 것을 알게 된다면 그는 얼마나 무서운 배신감을 느낄까? 그를 만나면 헤어지자고 말해야 하나, 말아야 하나, 괴롭고 혼란스러웠다. 어느 쪽이 그를 덜 아프게 할지 알 수 없었다. 그의 얼굴을 마주 보고 있노라면 하려고 했던 말이 매번 목에서 멈췄다. 목화는 자신이 얼마나 우유부단한 여자인지 처음 알았다.

목화는 왕하오에게 받은 선물을 상자에 넣어 곱게 포장했다. 선물을 돌려주고 용서를 구해야지 생각했지만 그를 마주할 용기가 없었다. 자신의 행동이 너무 잔인한 것 같아 망설이다 결국은 포기하고 말았다.

왕하오가 고향 집에 다녀오겠다는 말에 목화는 귀국을 하루 앞당겼다. 그녀는 왕하오에게 돌려줄 선물을 사무실 금고에 넣고 문을 닫았다. 찰칵 소리가 났을 때 모든 것이 끝났구나 싶었다.

다음 날, 목화는 공항에 도착하자마자 왕하오에게 전화를 걸었다. 목이 메어 얼른 입이 떨어지지 않았다.

"엄마가 갑자기 병으로 입원하셔서 귀국하게 되었어."

"귀국이라고? 언제?"

"공항이야."

"모카!"

"……"

"몇 시 비행기니?"

그는 갑작스러운 귀국 소식에 당황한 음성이었다.

"삼사십 분 후면 탑승할 거야."

"모카! 안돼, 내일 가면 안 되겠니?"

그는 다급한 음성으로 물었다.

"엄마가 수술을 받아야 해. 수술실에 들어가시기 전에 도착해야 해."

목화는 이미 준비된 거짓말임에도 땀이 났다.

"내가 공항에 도착할 때까지 비행기 표를 바꿔보면 안 될까?"

그는 곧바로 공항까지 달려올 기세였다.

"늦었어. 표도 없고."

당황하는 모습이 눈에 보이는 것 같았다.

"언제 올 거니?"

"아직은 몰라. 수술 경과를 봐야지."

"모카, 네가 떠난다는 게 믿어지지 않아."

"……"

"어제도 넌 아무 말 없었잖아. 어떻게 그 먼 길을 말 없이 떠나니?"

원망에 가득한 음성이 귓전을 때렸다.

"간밤에 전화가 왔어."

"모카! 할 얘기가 있어, 중요한 얘기야. 얘길 듣고 가야 하는데…… 빨리 들려주고 싶어서 한 시간 전에 출발했어."

그는 뭔가 할 얘기가 있는 모양이었다. 그러다 침묵했다.

"모카, 네가 없는 동안 넘보고 싶을 거야. 네가 너무 오래 있음 견디지 못할 것 같아. 그러니까 빨리 와. 인샬라."

"응…… 사무실 내 책상 안쪽에 작은 금고가 있어. 번호를 가르쳐 줄 테니까 적어봐. ******, 그 속에 상자 하나가 있을 거야. 그거 자기가 보관하고 있어. 소중한 거니까 도착하면 가서 바로 꺼내."

그녀는 필요한 말을 마치자마자 충전된 힘이 모조리 빠져나간 느낌이었다. 전신이 흐물흐물 가라앉는 것 같아 등을 세우고 고쳐 앉았다.

"그럴게…… 모카! 보고 싶어."

"……"

그의 음성이 가슴에서 멈췄다. 오늘 그가 들려준 보고 싶단 말은 사랑힌단 말보다 더 깊은 의미를 심어주는 것 같았다. 과분하도록 아껴주고 사랑해 준 사람과 영원히 헤어진다고 생각하니 그리움이 사무쳤다.

*

의자에 앉아 벨트를 하고 나니 기내의 좁은 의자가 그녀를 묶어놓은 것 같다. 그녀는 어두운 생각에서 벗어나기 위해 TV로 시선을 돌려 영화에 집중한다. 다섯 살이나 될까, 예쁜 여자아이가 실내 미끄럼을 탄다. 아이는 처음 미끄럼을 경험하는지 내려올 때면 잠시 멈춰 서서 불안해하다가 슝, 내려온 뒤에는 엄마를 향해 만족한 표정을 짓는다. 엄마는 아이의 행동을 조심스럽게 지켜보고 있다가 아이가 다 내려오면 손뼉을 쳐준다. 모녀의 표정이 밝고 행복해 보인다. 목화는 시선을 돌린다.

순간순간 머릿속에서 생각이 엉킨다. 귀국하면 어떻게 해야 할까? 미혼모 쉼터에서 출산한 뒤 양부모에게 보내는 방법, 미혼모로 사는 방법, 낙태하는 일, 세 가지 중 하나를 선택해야 한다. 목화는 임신이 된 후 줄곧 계속되었던 질문이 이제는 막바지에 이른 것을 알았다. 태아가 흑인이라면, 양부모가 흑인 아기를 데려가려고 할까? 미혼모로 살며 흑인 아기를 키울 용기는 있는가? 생각이 여기에 이르면 목화는 절벽 끝에 서 있는 기분이었다.

빈 위장이 또다시 반란을 일으킨다. 뱃속에서는 신물, 쓴물을 모조리 훑어내고도 아직도 만족스럽지 못하나 보다.

다음 날, 아침 6시 인천공항에 도착했다. 컨베이어 벨트를 타고 흘러나오는 두 개의 가방을 찾았다. 떠날 때와 마찬가지로 그녀의 손에는 두 개의 가방이 전부였다. 목화는 공항에 있는 핸드폰 가게에 들러 구형 핸드폰을 신형으로 바꾸고 번호까지 바꿨다. 한 사장과 두모 오빠와 삼촌 가게를 제하곤 말레이시아 사람들을 모조리 삭제했다. 망설였던 왕하오의 전화마저 지웠다. 그 순간 말레이시아에서 있었던 모든 시간이 공중 분해되는 것 같았다. 그러나 뱃속의 태아는 여전히 운동 중이었다. 단 한 번도 그녀의 것이라곤 가져본 적이 없는데, 태중에 있는 생명은 온전히 그녀의 것이라고 힘차게 말해준다.

갑작스러운 귀국에도 부모님은 몹시 반가워했다. 그녀가 휴가를 온 것인지 아니면 영구 귀국을 한 것인지 궁금해했다.

"엄마 아빠랑 살려고 아주 귀국했어."

"잘했다. 비행기에 시달렸는지 얼굴이 부었구나."

목화는 엄마의 얘기에 뜨끔했다. 엄마는 궁금한 것이 많았을 텐데도 그녀가 좋아하는 백숙부터 끓여주었다. 엄마를 만나자 세상의 온갖 시름이 사라지고 모든 고민이 해결된 것 같았다.

목화는 뜻밖에도 백숙이 당겼다. 잠시 후에는 화장실

을 들락거려야 했다. 집에서 쉬는 동안 엄마가 가져다준 음식을 먹고 마시며 입덧 증세를 숨기려고 작은 방에서 벗어나지 않았다.

사흘째 된 아침, 목화는 간단히 짐을 꾸렸다.

"아니 왜? 어디 가려고……"

엄마는 그녀가 임신한 사실을 이미 눈치챈 듯했다. 만나자마자 그녀를 끌어안고 한참은 있었으니 금방 알아본 것이 틀림없었다.

"무슨 일 있었냐?"

있었냐는 물음이 그토록 힘든 말이었을까, 엄마의 음성은 낮고 조심스러웠다. 잠시 침묵이 흘렀다.

목화는 그 말의 의미를 알아들었지만 대수롭지 않게 말했다.

"이젠 귀국했으니까 모든 일이 다 잘 될 거예요."

잘 될 거예요, 라는 말은 대답이 아니라 자신에게 주는 위로의 말 같기도 했다.

집을 떠나올 때 그녀를 바라보는 엄마의 얼굴에는 그늘이 깊게 드리워져 있었다.

"어떤 일이 있어도……"

"엄마, 걱정 마. 안심해도 돼. 엄마가 뭘 걱정하는지 다 알아. 살다 보면 실수도 할 수 있는 거잖아. 실수 땜에 더 잘 산다잖아요."

"걱정 안 해도 되것냐?"

엄마는 다짐하듯 물었다.

"며칠 있음 엄마가 염려하는 일은 없을 거야. 올라가서 취직 공부만 열심히 할게요."

목화는 안심해도 된다는 말을 강조했다. 엄마가 그 말을 이해했는지 못 했는지 알 수 없었다.

목화는 상경하는 버스 안에서 몇 번이고 입술을 깨물었다.

서울에 도착한 다음 날, 목화는 산부인과 병원에서 임신중절 수술을 받았다. 수술실에서 나왔을 때 전신이 갈기갈기 찢겨 누더기가 된 기분이었다.

"수술은 출산한 것과 다를 바 없어요. 나이도 있으시니 충분한 휴식이 필요합니다."

여의사의 말에 생각해낸 것이 찜질방이었다. 당장 갈 곳 없는 그녀로선 적당한 거처였다.

고향 집에 도착한 다음 날 오후 엄마는 그녀 앞으로 다가앉으며 물었다.

"무슨 일 없지야?"

망설이며 묻고 있는 엄마의 눈동자에는 감출 수 없는 슬픔의 그림자가 일렁거렸다. 평생 노동으로 쇠약해진 몸피는 더이상 가동이 어려운 충전기 같았다.

"힘들어 보이는구나."

목화의 침묵에 더는 어떤 물음도 던지지 않았다. 서울에서 지내겠단 말에 조심스럽게 물었다.

"혼자 온 것이 맞냐?"

목화는 고개를 끄덕였다. 그녀는 곧바로 엄마의 한숨소리를 들었다.

망설임 없이 병원 문을 열었던 건 엄마의 고통스러운 침묵도 있었지만, 자신의 삶도 변변히 꾸리지 못한 형편에 아기까지 돌볼 순 없었다. 지긋지긋한 가난은 그녀 몫으로 충분했다.

목화는 뜨거운 찜질방의 더위도 모른 채 누워있었다. 그대로는 살 수도 죽을 수도 없어서 선택한 길이었다 하더라도, 그녀 생각에 그 일은 옳지 않았다. 자신이 살겠다고 태아의 목숨을 거뒀다는 사실이 그녀의 마음을 끝 모를 수렁 속으로 끌고 갔다. 그녀는 깊은 자괴감에 빠졌다.

목화는 샤워를 끝낸 뒤 거울 앞에 서서 퍼렇게 멍든 입술을 멍하니 바라보고 있었다. 평생을 고생만 하고 살아온 엄마의 슬픈 침묵이 가슴을 도려낸 듯 아팠다. 그러나 수술을 선택할 수밖에 없었던 많은 이유 중 가장 큰 목적은 자신의 행복에 있지 않았을까.

살기 위한 변신은 이것으로 충분하단 생각이 들었다.

'괜찮아, 넌 뭐든 잘 해낼 거야. 목화니까.'

목화는 거울 속의 그녀를 향해 힘주어 말했다.

상처가 많으면 무뎌진다고, 그 말은 사실일까? 무엇 하나 똑 부러진 것 없이 감성적 사고만으로 살아온 것은 아닐까. 이전과는 다른 여자로 살지 않으면 같은 실수를 되풀이하게 될 것이라고, 이제는 냉정하고 객관적인 판단을 내려야 할 때라고, 그것만이 살길이라고 자신에게 말해주었다.

말레이시아는 꿈속에서 잠시 다녀왔을 뿐이라고, 그녀는 모든 것을 잊기로 마음을 굳게 먹었다. 그런데도 왕하오가 그리웠다.

목화는 몸이 회복되면 친구 지은이부터 찾고 싶었지만 마음을 돌렸다. 친구들은 당분간 만나지 않기로 했다. 취직이 된 뒤에 찾아도 늦지 않을 것이란 생각이 들었다.

목화는 찜질방에서 몸을 추스른 뒤 서울 근교에 있는 고시원에 둥지를 틀었다. 숨 막히도록 작은 방 한 칸, 누워 있을 때면 관속에 들어가 있는 것 같은 기분은 어쩔수 없었다.

무작정 귀국하고 보니 또다시 자신의 힘으로 의식주를 해결해야 했다. 이십 대의 꿈은 이런 삶이 아니었다. 여전히 같은 자리로 돌아온 느낌, 무언가를 다시 시작하기에는 서른셋의 나이가 벅찰 만큼 무거웠다.

그러나 대학 일학년 때의 그녀가 아니었다. 잃은 것
도 많았지만 지금은 고시원 보증금 이상의 돈도 있었고,
무엇보다 의지가 있었다. 이제는 두려워 말자고 몇 번씩
같은 다짐을 했다.

"괜찮아, 괜찮아, 넌 잘할 수 있어. 목화잖아."

목화라는 그녀의 이름은 출산한 지 사흘 만에 상경한
할머니가 지어주셨다고 엄마는 말했다.

"갓난이 이름을 목화라고 지었으면 좋것다. 올라오는
길에 보니 한밭에 목화꽃이 만발했드라."

엄마는 할머니 말씀을 듣고 곰곰이 생각해보니 목화
라는 이름이 예쁘기도 하고, 장차 이로운 일을 할 기분
좋은 이름이란 생각이 들었다고 했다.

"넌 이름처럼 훌륭한 사람이 되어 다른 사람들을 기
쁘게 할 거야. 큰 사람이 될 거야. 행복한 사람이 될 거
야……"

목화는 어릴 때부터 부모님과 조부모님으로로터 수많은
덕담을 귀가 닳도록 들었다.

"목화야! 넌 잘하고 있어. 앞으로도 뭐든 잘 해낼 거야. 그러니 안심해. 조급해하지 마."

목화는 아침이면 거울을 보며 다짐했다. 그런데도 자괴감에서 쉽게 빠져나오지 못했다. 그녀는 집 부근에 있는 요가원을 찾았다. 그곳에서 요가와 명상을 배우기 시작했다.

그 무렵 한 사장으로부터 몇 번 전화가 왔다. 목화는 모든 것을 잊고 싶어 전화를 받지 않았다. 그러나 계속된 한 사장의 전화를 무시할 수 없었다.

"사장님, 바빠서 전화를 받지 못했어요. 죄송합니다……"

"어머님 수술 경과가 좋다는 얘기는 문자를 보고 알았지만 지금 집에서 요양 중이신가?"

"네."

한 사장은 그녀의 갑작스러운 사표에 화들짝 놀라며 이유를 물었다. 어머님이 병으로 수술을 받게 되었다고 거짓말을 하고 귀국했다. 당시 한 사장은 사람을 어디서 구하지? 라며 몹시 난처한 표정이었다. 그러나 사표를 반려할 형편이 아니라고 생각한 모양이었다. 병간호 잘 하라며, 수고했단 말을 하면서도 떨떠름한 표정이었다.

"다른 게 아니고 왕하오가 이 대리 한국 집 주소나 전화번호를 가르쳐 달라고 하는데……"

"가르쳐 주셨어요?"

"내가 이 대리 주소를 알아야 가르쳐 주지. 왕하오는 이 대리가 사표를 낸 줄 모르고 있더라고. 이 대리가 귀국한 후 통화가 안 된다는 거야. 이 대리한테 전화가 올까 기다리다 얼마 전에는 이 대리가 보관해 달라고 했던 상자를 열어봤다는 거야. 그 안에 자신이 선물했던 물건이 모조리 들어있더라고 하더라니까. 첨에는 이 대리가 올 줄 알았다는 거야. 상자를 열어보고 나서야 안 올 사람이구나, 생각한 모양이야. 전화번호를 가르쳐 달라고 애원하는데 가르쳐줄까?"

"죄송해요. 사장님."

"나와 많은 얘길 했는데 생각보다 진실한 청년이었어. 무엇보다 이 대리를 사랑하는 사람인 것만은 확실해 보였어. 자기는 이 대리와 결혼하겠대. 이 대리가 한국에서 살기를 원하면 한국에 가서 살 생각이고, 제 삼국에서 살자면 그렇게 할 것이고, 이 대리와 결혼할 수만 있다면 자기는 어디서 살아도 좋다는 거야. 그러니까 이 대리를 꼭 만나서 얘기를 들어야겠대. 이 대리도 왕하오가 싫진 않았던 거지?"

"……"

한 사장의 얘기를 듣는 동안 목화는 어느새 눈가가 젖었다.

"다시 잘 생각해봐. 능력도 있고 그만함 괜찮지 않아?"

"사장님, 제게 생각할 시간을 주세요."

"나도 혼기가 꽉 찬 딸이 있는 처지라 이 대리를 딸처럼 생각했던 거고, 이 대리가 일도 성실하게 잘해서 오래 함께 일하고 싶었는데 갑자기 귀국하는 통에 나도 난감했거든. 남직원을 구해놨는데 아직은 믿음이 안 가. 그 일은 그렇고, 나이 든 사람이라고 해서 사람을 잘 안다고 할 순 없지만 왕하오는 착한 사람 같았어."

*

왕하오의 소식에 억눌렸던 그리움이 한꺼번에 튕겨
나왔다. 페낭 여행 마지막 밤이 떠올랐다.

지녁 식사를 마치고 호텔로 돌아온 그들은 일층 카페
로 성큼성큼 들어갔다. 각자의 방으로 돌아가 잠들기엔
너무나 아쉬웠다. 목화가 칵테일을 시키자 그도 같은 것
으로 마시겠다고 말했다. 이 나라는 술을 팔지 않지만
페낭은 관광지라 그런지 호텔 카페에서 칵테일은 팔았
다.

"칵테일 마셔본 적 있어?"

목화의 물음에 그는 잔잔한 미소만 띠었다.

"약간의 알코올이 있어."

목화는 말하고 나서 손을 들어 검지와 가운뎃손가락
으로 알코올 정도를 약간의 공간을 만들어 보여주었다.
그의 눈동자에는 호기심과 불안이 반반씩 어른거렸다.

"오빠, 이 나라 사람들은 왜 금주를 하지?"

"술을 마시는 것은 악마의 행위이고 불결한 것으로 생

각해."

"그럼, 돼지고긴 왜 안 먹어?"

"돼지는 신의 저주를 받았다는 이유로 식용이 금지되어 있어."

두모 오빠의 설명을 듣고 나서 알게 된 일이었다.

무슬림인 왕하오가 생애 처음이 될 칵테일을 마시겠다고 한다. 알코올의 맛, 취기, 그걸 왕하오에게 맛보여야 할까? 목화가 이런저런 생각을 하며 망설이고 있을 때 파나 콜라다가 나왔다. 두모 오빠가 그녀의 골프장 취직을 축하한다며 사주었던 칵테일이었다. 화이트 럼에 코코넛 밀크를 넣어 만든다고 했다. 투명 글라스에 내비치는 우윳빛 색깔의 칵테일, 글라스 가장자리에 꽂혀 있는 노란색의 파인애플 조각, 그녀도 그때 처음 맛본 칵테일이었다. 코코넛 향과 상큼한 파인애플 맛과 약간의 럼이 느껴지는 미묘하면서도 달콤한 맛.

"첫사랑 같은 맛이야."

파나 콜라다를 마시며 목화가 감탄하자 두모 오빠는 확확확 소리 내어 웃었다.

왕하오는 지금 무슨 생각을 하고 있을까? 무슬림에게 금지된 알콜을 마시게 하는 것은 나쁜 일이 분명했다. 생애 첫 알콜의 맛을 알게 되리라고 생각하니 뭔가 불편했다. 목화는 불현듯 악마라도 된 기분이었다.

"괜찮겠어?"

목화는 잠시 전의 생각을 뭉개며 왕하오에게 물었다.

"여행하는 동안 너와 같은 걸 먹고 마셨잖아. 함께 마시고 싶어."

그는 미소 지으며 말했다.

"억지로 마실 필욘 없어. 내가 다 마실게."

목화의 말에 그는 얼른 잔을 집어 들었다. 목화도 잔을 들어 올리며 우리 건배하자, 라고 속삭였다. 그녀가 보기에 왕하오는 낯설고 어색한 표정을 지었지만 이내 호기심 어린 표정으로 변했다.

"사랑을 위해 건배!"

"건배!"

쨍강 소리가 맑게 울려 퍼졌다.

"건배를 잘하는 걸 보니 많이 마셔본 사람 같은데?"

목화의 장난 말에 왕하오가 변명처럼 뱉었다.

"호주에서 공부할 때 많이 봤어. 호기심도 있었고, 방종 하는 생활을 외면했지만 한동안 혼란스러웠어. 과연 어떤 삶이 옳은지."

"방종?"

왕하오는 술을 마시는 행동을 방종이라고 말했다. 그의 눈으로 보면 방종이라는 말이 틀리지 않을지도 몰랐다.

목화는 왕하오와 러브 샷을 하고 싶었지만 주위의 시선이 많아 손을 내렸다. 목화가 먼저 음미하듯 한 모금을 마시자 그도 맛을 음미했다. 그의 눈썹이 위로 약간 치켜 올라갔다 내려온다.

"맛은 어때?"

목화는 왕하오의 표정을 살피며 물었다.

"신비스럽고 달콤 상큼해. 생애 이런 맛은 처음이야."

제과장답게 그는 다시 한 모금을 입안에 털어 넣고 천천히 음미하기 시작한다.

"시각을 자극하고 미각, 후각 기분 좋은 향기가."

라고 말하며 파인애플 장식을 거두고 또 한 모금, 맛에 집중하는 표정이 다시금 심각해진다. 파나 콜라다를 탐험하는 모험가답다. 그는 입술에서 잔을 떼어내며

"알았다. 이 맛은⋯⋯ 모카야!"

장난스럽게 말하며 목화의 시선을 붙잡은 채 위대한 발견이라도 해낸 듯 미소가 피어난다. 그 미소에, 입술에 어린 물기에 목화는 순간 그의 입술을 훔치고 싶다.

그가 충동적으로 손을 뻗어 그녀의 입술을 손가락으로 더듬는다.

서로 뜨거워진 눈길을 주고받으며 파나 콜라다를 금이라도 되는 양, 한 모금 한 모금 마시다 보니 어느새 바닥이 났다. 아쉬운 마음에 수다를 떨며 웃다 보니 자정이 가까웠다.

"모카, 네가 웃을 때 행복한 표정을 보면 나도 덩달아 행복해져. 지난 몇 달 동안 웃었던 것보다 여행하는 동안 가장 많이 웃었어. 네 웃는 모습이 나를 행복하게 해. 내가 항상 웃게 해줄게."

왕하오의 진심 어린 얘기에 가슴이 터질 듯한 감동을

느꼈다.

불현듯 그와 미래를 꿈꾸고 싶단 생각이 간절했다.

낮에 중국인 거리를 지나가다 문득 마음에 드는 수공예품이 있어서 가게 안을 두리번거렸다. 라탄 가방과 모자가 많았다. 주인아저씨가 목화의 어깨에 라탄 가방을 걸어주자 왕하오가 모자를 하나 골라와서 그녀의 머리에 씌어주었다.

"모자와 가방이 아주 잘 어울려. 신데렐라 같다."

왕하오의 말에 거울 속을 들여다보니 뜻밖에도 썩 잘 어울린다. 목화가 계산하려고 하자 그가 얼른 카드로 계산을 마쳤다.

"안돼, 이건 반칙이야."

"모카! 나에게 선물할 기회를 줘."

그는 주인이 건네주는 가방을 받아들며 큰 덩치에 어울리지도 않게 수줍은 미소를 지었다.

"상대가 원하지 않는 걸 강제로 하는 건 예의가 아니야."

"난 네 연인이니까 기쁨을 선물할 수 있어."

그의 단호한 한마디에 목화는 전신이 떨리도록 행복했다.

"고마워."

"호주에 있을 때 난 너무 외로웠어. 친구들처럼 연인에게 선물도 사주고, 놀러도 가고…… 하고 싶은 일이 많았거든."

얘기하는 동안 그의 얼굴에는 예의 선한 미소가 어려 있다. 화를 낼 때 그는 어떤 얼굴이 될까? 상상이 되지 않는다.

카페에서 숙소로 올라갔을 때 그는 뜻밖에도 그녀를 따라 안으로 성큼 들어왔다. 왕하오는 현관문이 닫히는 순간 그녀를 안고 입술을 삼켰다. 그가 그녀의 허리를 강하게 끌어안았다. 그의 심장이 버럭버럭 소리를 질렀다. 단단해진 하체가 느껴질 만큼 그들은 밀착되어 있었다. 목화는 슬며시 그를 밀어냈고 그는 더욱 강하게 그녀를 끌어안았다. 그가 갑자기 팔을 풀고 충동적으로 블라우스 단추를 열었다. 단추가 모조리 열리자 그는 손을 멈췄다. 동시에 그녀는 그의 신음소리를 들었다.

잠시 뒤, 그는 떨리는 손으로 그녀의 상의를 여며준 뒤 홀연히 방을 나갔다.

그와 헤어지고 한두 시간가량 지났을까 핸드폰 벨이 울렸다.

"모카! 이젠 너와 헤어지는 게 고통스러워. 우리 얼른 결혼해서 신의 축복을 받으며…… 밤을 보내자."

목화는 그의 한 마디 한 마디가 믿음직스럽고 든든했다. 그와 함께 밤을 새워도 좋을 것 같았다. 한 몸이 되어도 좋을 만큼 그가 좋았다. 그의 품에 안겨 잠들고 싶단 생각이 간절했다.

페낭에서 휴가를 보내고 돌아오는 길이었다. 왕하오는 행복한 얼굴을 주체하지 못했다. 목화는 k팝 'love'를 들려주었고 그는 노래를 흥얼거렸다.

세상 어디라도 함께 갈게
…………
오늘은 내가 먼저 말할래
정말 널 많이 사랑해

너무 소중해서 늘 감사해

I will be better with you

노래가 끝나자 그는 목화의 손을 잡으며 말했다.

여행하는 동안 그녀의 손을 잡고 걷고 싶었고, 그녀와 키스하고 싶었던 순간이 많았지만 몹시 경계했다고. 이슬람 국가라 연애는 가능하지만 공공장소에서 손을 잡거나 키스를 하는 건 불법이라고 했다. 그래서 차 안에서만 가능했던 일이었다고 양해를 구했다.

어느새 탐핀 읍내로 들어오고 있었다. 이제 이십 여분만 지나면 골프장이었다. 한적한 시골길을 검은 승용차한 대가 뒤를 따라오는 것이 보였다. 어디서부터 따라왔는지 모르지만 갑자기 검은 승용차가 그의 차를 추월하는가 싶더니 앞을 막아섰다.

두 명의 사내가 검은 승용차에서 내렸다. 그들이 가까이 다가왔다. 중년의 사내가 창문을 내리라는 수신호를 보냈다. 그가 창문을 내리자 엄숙한 표정의 사내들이 그에게 뭔가를 보이며 밖으로 나오라고 거의 명령조로 말

했다. 왕하오가 떨떠름한 표정으로 문을 열고 밖으로 나
갔다. 목화는 불길한 예감에 시선을 거둘 수 없었다. 왕
하오가 사내들을 따라 몇 걸음 걸어갔다. 잠시 뒤 왕하
오는 지갑을 꺼내 뭔가를 보여주었다. 그들은 마주 서서
한참 동안 얘기를 주고받았다.

왕하오가 중년 사내들과 헤어져 돌아오는 동안 사내
들은 검은 승용차를 타고 먼저 사라졌다.

"누구야?"

굳은 표정으로 보아 뭔가 심상치 않아 보였다.

"경찰이야."

"왜? 사복을 한 거 보니 형산가 보네."

"누군가 전화를 한 모양이야. 우릴 조사해 달라고 했
다는데."

그는 석연치 않은 표정으로 혼잣말을 했다.

"죄인도 아니고, 뭘 조사해 달라고 했대?"

"종교경찰인데……"

"종교경찰? 그게 뭔데?"

"율법을 안 지킬 때 종교재판을 받거든."

"하오가 불법이라고 말했던 거, 그걸 말하는 거야?"

"응, 체포되면 구속형이나 태형을 받을 수도 있어. 율법을 안 지킨 것도 아닌데 누가 전화를 했을까?"

왕하오는 자리에 앉은 뒤에도 고개를 갸우뚱하며 잠시 생각에 잠겼다. 아무리 생각해도 모르겠단 표정이다.

"율법을 지키는 건 뭐고 안 지킨 건 뭔데?"

"음주, 간통, 라마단을 지키지 않는 일 등등."

목화는 순간 뒤통수를 얻어맞은 것 같았다. 간통이라는 말에 정신이 번쩍 들었다. 구속형, 태형, 그 끔찍한 일을 저질렀다니.

"누가 전화를 했을까? 누가 나를 조사해달라고 전화를 했을까?"

도무지 모르겠는지 그가 혼잣말을 했을 때에야 목화는 비로소 정신이 들었다. 그는 핸들을 잡은 채 시동도 걸지 않고 한참을 앉아 있다.

목화는 문득 자밀이 떠올랐다. 혹, 자밀이 전화를 한 건 아닐까? 왕하오와 그녀가 만나는 것을 자밀이 봤을 것이란 생각이 들었다. 설사 그렇다 하더라도 왜? 자밀

에 대한 경계심이 한층 높아졌다. 그러나 목화는 왕하오
에게 자밀에 대한 말은 하지 않았다.

*

목화는 전화벨 소리에 잠결에 핸드폰을 들었다.

"여보세요?"

새벽녘까지 잠들지 못하고 뒤척이다 잠이든 모양이었
다.

"모카!"

부드러운 음성이 쨍그랑! 귓전을 때렸다. 목화는 꿈을
꾸고 있는 것으로 생각했다. 다음 순간 그녀는 화들짝
놀랐다. 자신도 모르게 자리에서 벌떡 일어났다.

"모카, 나야 왕하오."

그의 음성이 떨려 나왔다.

"하오?"

그녀도 모르게 튀어나온 소리였다.

"응. 나야, 지금 한국에 도착했어."

목화는 그제야 잠에서 완전히 깨어났다. 폭탄을 맞은 것처럼 한동안 생각이 멈췄다.

한참이 지난 뒤 알게 된 일이지만, 그녀는 왕하오의 음성을 확인한 다음 핸드폰을 끄고 건전지까지 빼낸 사실을 뒤늦게 알았다.

그녀가 말레이시아에서 떠나왔듯 모든 인연을 정리했다고 생각하고 있었다. 아니 최대한 노력 중이었다. 왕하오가 한국에 왔다고 한다. 담담한 마음은 아니라도 그와 통화는 가능할 줄 알았다. 그런데 그토록 그리웠던 사람이 왔는데 자신도 모르게 두려워하고 있었다. 지금쯤 그는 얼마나 황당할까? 그에게 어떻게 이럴 수 있는가.

다음 날 목화는 마을 앞 공원을 정신없이 쏘다녔다.

중절 수술을 한 것은 왕하오 때문이었을까?

왕하오가 한국을 떠나기 전에 그를 붙잡아야 한다는 생각과, 취업을 해서 새 삶을 시작해야 한다는 두 갈래 길에서 목화는 망설이고 있었다.

*

　"왕하오가 한국에 왔어요. 왜 전화번호를 가르쳐줘서 일을 난처하게 만드세요?"

　"이 대리가 생각할 시간을 달란다고 말했지, 기다려 보자고. 그랬더니 알았다고 하드라고. 다음 날부터 날마다 찾아와서 연락이 왔는지 묻는 거야."

　"그런다고 전화번호를 가르쳐주시면 어떻게 해요."

　"왕하오가 자기 집에 갔던 것은 부모한테 결혼 승낙을 받기 위해서였대. 싱가포르에 가서 프러포즈에 필요한 반지를 사고, 일정을 앞당겨 돌아오는 길에 귀국 소식을 들었다고 하더라고. 그날 이 대리가 귀국해 버렸으니 그 마음이 오죽했겠어. 매일 사무실에 와서 전화번홀 물어보는데 아직 연락이 없다고 하니까, 기다리기가 힘들다면서 어깨가 축 늘어져서 사무실을 나가는데 하루도 아니고 날마다 그 모습을 보기가 안됐드라고. 전화번호를 주면 자기가 직접 전화해서 가부를 알아보겠다고 애원하는거야. 하도 사정해서 주었지만 다음 날 출국할지는 몰랐지. 그래서 그 친굴 만났나?"

"아니요."

"아니, 오늘이 며칠 짼대. 그러고 보니 사흘짼가? 만나주지 않았다면 그 친구는 어디 있는 거야?"

"몰라요. 전 왕하오를 만나지 않을 거예요. 전화해서 빨리 귀국하도록 도와주세요. 저는 만날 생각이 없어요."

"어디 있는진 알고 있고?"

"몰라요."

"아무리 그래도 그렇지, 첨으로 한국에 갔는데 가이드는 못 해줄망정 그렇게 냉대해서야."

한 사장은 뜻밖에도 서운한 음성이 역력했다. 목화는 사무적으로 인사말을 나누고 핸드폰을 닫았다.

핸드폰에는 왕하오의 전화와 메시지가 수십 통이 넘게 들어와 있었다. 목화는 메시지조차 확인하지 않고 다시 건전지를 뺐냈다. 달리할 수 있는 일이 없었다.

왕하오에게 전화번호를 알려준 한 사장이 원망스럽기

만 했다. 생각할 시간을 달라고 말했지만 보름이 지나도록 소식을 주지 못했다. 그 사이에 왕하오가 한국을 방문하리라고는 예상하지 못했다.

왕하오와 결혼하는 건 어떨까, 생각해보지 않았던 건 아니었다. 귀국 후, 멀리서 바라보니 국제결혼이라는 것이 얼마나 어려운 일인지…… 국법이 다르고, 문화가 다르고, 게다가 생소한 종교까지, 각기 다른 문화는 갈등의 원인이 될지 모르는 일이었다. 거기에 아내를 넷까지 얻으려 한다면, 그밖에도 그녀가 모르는 또 다른 갈등이 도사리고 있을 수도 있었다.

왕하오에 대한 애정은 그녀만의 사랑이라는 안경(?)을 통해 바라본 모습에 불과할지도 모른다는 생각이 들면서…… 국제결혼은 도박과 같을지도 모른단 생각까지 들었다. 임신중절 수술을 하기 위해 수술실 침대에 누워 숫자를 세기 전에, 아니 중절 수술을 하기로 마음먹었을 때 결정했던 일이었다. 아마도 그때 왕하오도 함께 잊기로 마음을 굳게 먹었다.

그런데도 목화는 왕하오가 절망하고 귀국할 것을 생각하면 전신의 힘이 주욱 빠졌다.

그녀의 변덕에도 아무런 의심 없이 믿어주고 사랑해주었던 남자가 있었던가. 생각이 거기에 이르자 목화는 자신도 모르게 거울 앞에 앉았다. 곱게 화장을 하고 옷을 갈아입고 그를 만날 생각을 했다.

'내가 지금 무슨 생각을 하고 있지?'

목화는 다시 옷을 벗었다. 자밀과의 일도 스스로 용서가 되지 않았다.

그녀는 마트로 달려가서 소주를 샀다. 자신을 마구 짓이겨버리거나 부숴버리고 싶었다. 술을 많이 마시면 호흡이 잘되지 않았지만, 그녀는 잠들기 전까지 마시기를 멈추지 않았다.

아침에 일어나니 머리가 지끈거리고 위까지 쓰리고 아팠다. 정상 컨디션이 되면 다시 술을 마시고 잠들었다.

왕하오를 생각하면 그의 처지 또한 얼마나 난감할지 걱정이 앞섰다.

목화는 하루하루가 일 년처럼 길게 느껴졌다.

일주일이 지나자 왕하오가 휴가를 마치고 고국으로 돌아갔을 것이라고 생각했다. 그 생각을 하면 그리움에 가슴이 시렸다.

한 달이 지났을 때 이제는 그와 완전하게 끝났구나! 생각이 들었다. 목화는 한동안 눈물을 주체할 수가 없었다.

그녀는 하려던 공부는 제쳐두고 요가와 명상으로 그 시간을 버텼다. 명상을 통해 자신의 문제를 들여다보며 혼란스러운 마음을 이겨내려고 노력했다.

순수하게 사랑만을 키울 수 있는 세상이 아니라는 걸 그녀는 이미 터득하고 있었다. 판단이 선 이상 계속 그 속에 머물러선 안 된다고, 떨쳐내야 한다고 혹독하게 자신을 대했다.

두 달이 지났을 때에야 목화는 직장에 들어갈 생각으로 학원 등록을 마쳤다. 그러나 오랫동안 책과 무관하게 지냈던 터라 공부가 쉽게 들어오지 않았다.

생각다 못해 시골집으로 내려갔다. 고향 집은 언제나 그녀의 안전지대였다. 엄마의 시선이 가장 먼저 그녀의 배에 머물렀다. 목화는 미소를 지어 보였다. 엄마는 그녀와 시선이 엮이자 안쓰러워하는 표정이 역력했다.

돌이켜 생각해보니, 그에게 가지 못했던 건, 그녀의 실수 때문이었다. 부끄러웠다. 과거를 감추기 위해 한 생명을 거뒀다는 사실을 용서할 수가 없었다. 그 일이 그에게로 가는 발걸음을 붙잡았단 생각이 들었다.

*

학원을 나오는 중에 목화는 친구 지은이로부터 모바일 청첩장을 받았다. 목화는 선걸음에 달려갔다. 지은이는 그녀를 보자 한참 동안 놀란 표정을 감추지 못했다. 말레이시아에 있으리라고 생각했던 친구가 눈앞에서 웃고 있으니 어리둥절한 표정이다. 지은이는 그녀를 안고도 믿을 수 없는지 등을 토닥이다가 손을 놓고 얼굴을 뚫어져라 바라본다. 지은이는 야윈듯한 모습이었지만 차분하고 여유로운 표정이었다.

"메시지를 보낸 지 두 시간이 안 됐는데 어떻게 된 거니?"

"그 얘긴 차차 해줄게, 축하한다. 축하해. 성태와 결혼할 줄 알았어."

지은이와 성태는 같은 과 커플이었다.

"성태가 취직이 되어서 결혼하기로 했어. 사귄 지 십년째가 되더라. 그 세월이 그냥 간 게 아니었어. 그동안이별과 만남을 경험하면서 서로 성숙해진 것 같아……가난하지만 사랑 하나만은 지키며 살자고, 성태가 그러더라. 그 한마디에 감동했어."

"사랑의 승리구나."

목화는 지은이의 얘기를 듣는 동안 그녀의 행복한 앞날이 그려졌다. 원룸에서 신혼생활을 시작하게 될 거라고, 웃으며 말하는 지은이의 밝은 표정이 보기 좋았다. 눈앞의 지은이는 예전의 그녀가 아니었다. 취직시험 공부를 할 때면 책상 위에 시계를 맞춰놓고 화장실 가는 시간, 식사하는 시간을 빼고 오로지 공부하는 시간만을 기

록하며 오늘은 열 시간, 오늘은 열한 시간 사십 분 공부
했어. 아, 열두 시간은 마의 시간대야, 라고 말할 때면 그
녀에게서 병증이 느껴질 정도였다. 옆에서 성태까지 답
답함을 토로하던 그 지은이의 모습은 온데간데없다. 그
녀는 지금 조그마한 제조회시에 근무 중이다. 그녀의 겸
손한 말대로라면 능력이 없어서 욕심을 버리게 되었고,
작은 회사에 취직하고 보니 마음이 편하다고 했다.

"경호 소식 알고 있니?"

지은이 불쑥 경호 소식을 묻는다.

"……"

"지난 겨울이었어. 자다가 전화 받았는데 뜬금없이 마
포경찰서라는 거야. 박경호 씨를 아느냐고 묻는 거야.
안다고 했더니 경호가 취했으니 데려가래. 날 보호자로
지적한 모양이었어. 성태랑 경찰서에 가서 무슨 일인지
알아봤더니, 글쎄 네가 살던 고시원 가는 길에 있던 편의
점 기억하지? 그 앞에 있는 소나무 장식, 은하수 전등을
경호가 가위로 잘라냈다는 거야. 불이 꺼졌는데도 전깃
줄을 더 자르려고 소나무 위로 올라가려는 걸 카페 주인

이 발견하고 못 올라가게 막으니까 난동을 부렸대. 경호도 취하니까 어처구니없는 행동을 했더라고. 카페 주인한테 전등값만 삼십 만원을 물어주었어. 경호가 거기까지 갔던 건 아마도 네 생각이 나서 마포까지 갔을 거야. 그 일 이후 두 달쯤 지났을까? 고향으로 내려왔다고 전화 왔더라."

목화는 경호에게 무슨 일이 있었구나, 직감했다.

그녀도 경호처럼 전깃줄을 끊을 생각으로 가위를 들고 달려갔던 때가 있었다. 알바 사장이 고시원으로 찾아와서 벨을 눌렀던 밤에, 두려워 귀를 막았던 그 밤.

새벽녘이었을까, 그녀가 그곳에 갔을 때 소나무는 어둠 속의 하늘을 향해 찬란한 불빛을 쏘아 올리고 있었다.

"우리 스터디 멤버 중에 예지는 벌써 애가 둘이야."

"담이는?"

"담이 얘기는 담에 하자."

"예지, 결혼했어?"

"시급으로 사는 인생인데 결혼식을 생각이나 하겠

어?"

"담이 소식은 왜 담에 하재?"

"술보가 됐어."

"뭐?"

"두 달 전이던가, 뜬금없이 담이가 회사 앞으로 찾아왔더라. 함께 저녁 먹고 얘길 나누고 있는데 퇴근한 성태가 나를 데리러 와서 조금 있다가 헤어졌어. 담이 혼자 돌아서는 뒷모습이 쓸쓸해 보여서 잘 들어갔는지 전활 했거든. 집에 도착해서 소주를 한잔하고 있다며 하하하 웃더라. 그러더니 갑자기 펑펑 우는 거야. 알바생이어서, 취준생이어서, 어떤 사람도 아니어서…… 슬프다고, 서른이 넘었지만 알바를 하다 보니 항상 아이 취급이야! 어른으로 진입하긴 틀린 것 같아…… 공정, 평등, 정의, 자유, 그 딴것이 있기나 하니? 고시원 방 한쪽도 힘겨운 세상에서, 가난이 대물림되는 시대에 태어난 게 우리 잘못이니? 우리는 뭐니? 시키는 일만 하는 노예, 현대판 노예가 아니고 뭐니? ……하소연을 하더니 연락이 끊겼어. 간신히 남동생을 찾아내서 연락했더니 외가에 있을지도 모르겠다며, 연락하겠다고 하드라."

목화는 울컥 눈물이 솟는 걸 간신히 참았다. 귀국해서 곧바로 친구들을 만나볼걸.

"그건 그렇고, 그곳에서 사귀는 사람이 있다잖았어? 그 얘기부터 들려주라."

"헤어졌어."

지은이는 놀란 표정이었지만 왜냐고 묻지 않았다.

"잘했어. 취업하니까 생각이 달라지더라. 주위에 있던 남자들이 취업 소식을 듣고 여기저기서 나타나질 않나, 직장 선배들의 작업이 눈에 보이질 않나. 좋은 조건의 만남을 주선해주는 사람도 많아지고, 솔직히 흔들린 적도 있었어. 하지만 성태의 결단이 결정적이었어. 너도 취직해봐 어떻게 되나. 세상이 달라 보일 거야."

*

이틀 뒤, 목화는 취직 시험을 봐야 하는 부담이 있었지만 지은이의 여유로운 모습을 보고나니 조급했던 마음이 다소 느슨해졌다.

새벽부터 고사장으로 갔다. 시험 중에 눈이 내렸다. 목화는 차분한 마음으로 시험을 치르고 나오며 며칠 동안은 편히 쉴 수 있겠단 생각이 들었다. 그동안 일 차에서, 이 차에서, 한번은 면접에서 떨어졌다. 목화는 집으로 돌아와서 감기약을 먹고 잠들었다.

아침 명상을 하는 동안 목화는 두 팔로 가슴을 쓸어내렸다.

"괜찮아, 괜찮아, 잘해 낼 거야."

그녀는 몇 번이고 가슴을 다독였다.

명상이 끝나자 근처 빨래방에서 빨래를 찾아왔다. 그 사이에 전화가 와 있었다. 낯선 번호였다. 궁금한 마음에 전화를 걸었다. 뜻밖에도 한 사장의 전화였다.

"전화번홀 어떻게 아셨어요?"

목화는 새 삶을 시작하겠단 각오로 다시 한번 전화번호를 바꾸었고, 심지어 한 사장의 전화번호까지 지워버린 상태였다. 왕하오가 생각나면 마음이 어수선해질까 봐 한 사장의 전화번호까지 과감하게 정리했다.

"허허허, 콜롬보 형사니까. 두 번이 아니라 열 번을 바꿔도 내가 모르나, 다 아는 수가 있어요. 두모에게 전화해서 알아냈다니까."

한 사장은 두모를 통해 전화번호를 알아냈다는 사실이 용하게 느껴지는지 또 한 번 허허허 웃었다. 그는 아내의 지병이 재발해서 갑자기 치료차 귀국했다고 했다.

"이 대리, 왕하오는 잘 있지요?"

"귀국했겠죠."

"귀국은 무슨, 아직 귀국 안 했어. 한국에 들어간 뒤로 얼마 있다가 사표를 냈거든."

"귀국해서 다른 곳에 취직했겠죠."

"아니야. 일주일 전쯤인가, 왕하오와 카톡을 했는데 한국에 있다고 들었어요."

"?"

"내가 이 대리 얘기 듣고 포기하라고 왕하오에게 여러 번 전화했어. 귀국하라고 그랬더니 왕하오가 그러더라고, 자기는 지금도 이 대리한테 전화가 오기를 기다리고 있다고. 이 대리를 만나지 못하고 돌아갈 생각이었다면 한국에 오지도 않았을 거라고. 이 대리한테 전화가 올 때까지 기다리고 있겠대."

한 사장의 말이 끝나기도 전에 뜨거운 감정의 태풍이 전신을 훑고 지났다.

"아직도 한국에 있단 말이에요?"

목화는 무심한 척 말했지만, 가슴이 뛰기 시작했다.

"그렇다니까, 이 대리가 귀국한 뒤로 왕하오를 단념한 것 같아서 더 얘기할 수도 없더라고."

목화는 왕하오가 그녀의 전화를 기다린다는 말만 생각났다. 목화는 한 사장의 전화를 끊고 당장 달려가고 싶은 마음뿐이었다. 생각해보니 그녀가 기억하고 있는 왕하오는 자기 생각이 확실하고 옳다고 생각한 일은 실행하는 사람이었다.

*

그동안 카페 앞을 지날 때면 왕하오가 만들어 주었던 디저트와 커피 생각에 저절로 발이 멈춰지곤 했다. 식당이나 제과점을 지날 때도 마찬가지였다. 시골 촌뜨기인 그녀를 공주로 만들어 주었던 유일한 사람이었다.

목화는 그리운 마음에 당장 왕하오를 찾고 싶었다.

자리에서 벌떡 일어나 거울 앞으로 가던 그녀는 스톱! 을 외치며 멈춰 섰다. 이제야 겨우 안정되어 가는데······ 또다시 폭풍 앞에 서 있는 기분이었다.

한 사장에게 왕하오의 전화번호를 물어서 그를 찾아야 한다는 생각, 한때의 추억이니 잊어야 한다는 생각까지 목화는 초 단위로 변화하는 마음을 멈추지 못했다.

*

목화가 골목길을 이리저리 두리번거리며 헤매고 있을 때, 저만치 골목길 끝에 흰 셰프복 차림의 사내가 서 있다.

"모카!"

왕하오가 그녀의 이름을 부르며 달려온다. 그녀와 가까워졌을 때 그는 환한 미소를 지으며 양팔을 활짝 폈다. 목화가 뛰어가 그의 품에 안겼다. 넉넉해 보이는 가

343

슴이 마치 엄마의 품처럼 아늑하게 느껴졌다.

꿈이었다. 방안이 환하다.

얼마의 시간이 지난 뒤 자리에서 일어난 목화는 명상 자세로 고쳐 앉았다. 왕하오의 손의 감촉이 그녀의 몸에 되살아났다. 심호흡을 하며 앉아 있자니 생각이 모였다 흩어지기를 반복한다. 그녀는 마음속 소란이 가라앉기를 기다렸다.

엄마는 상경하는 그녀에게 말했다.

'갈림길 앞에 서 있다고 생각되거든, 니 앞에 붉은 신호등이 켜져 있다는 것을 명심해라.'

'엄마! 붉은 신호등이 켜지면?'

'멈춰서 기다려야제.'

목화는 머리 위에 뭔가를 이고 있는 사람처럼 목을 세우며 천천히 자리에서 일어났다.

"인샬라."

그녀는 자신도 모르게 혼잣말을 하고 있었다.

목화는 백팩을 메고 도서관을 향해 걸었다. 봄은 아직 멀었는지 찬바람이 얼굴을 때리며 지난다.

| 참고 도서 |

* 조경화, 마커스 페들,『굿모닝 말레이시아』, 꿈의 열쇠, 2010.

* 임병필,『이슬람의 진실과 오해: 샤리아로 검증한다』, 모시는
    사람들, 2020.

* 편집부,『말레이시아』, 시공사.

* 김완준, 송주영, 안민기,『Hello 말레이시아』, 김영사.

* 중앙M&B 편집부편,『싱가포르, 말레이시아』, 중앙 M&B.

* 베리 피터스,『무슬림의 꿈과 환상』, 대장간, 2011.

* 소윤정,『무슬림의 아내들』, CLC, 2011.

* 장원재,『인샬라, 그곳에는 초승달이 뜬다』, 평민사, 2006.

* 김　헌,『골프도 독학이 된다』, 양문. 2012.

* 박순표,『골프가 뭐길래』개정판, 리얼시스템, 2009.

서른 살 목화

초판 1쇄인쇄 2022년 2월 26일
초판 1쇄발행 2022년 2월 28일

저 자 김다경
발행인 박지연
발행처 도서출판 도화
등 록 2013년 11월 19일 제2013-000124호
주 소 서울시 송파구 중대로 34길 9-3
전 화 02) 3012-1030
팩 스 02) 3012-1031
전자우편 dohwa1030@daum.net
인 쇄 유진보라

ISBN ㅣ 979-11-90526-68-5 *03810
정가 15,000원

도화道化, fool는
고정적인 질서에 대한 익살맞은 비판자,
고정화된 사고의 틀을 해체한다는 뜻입니다.